ルインはリリスの背に空いた手を置くと、
そのまま彼女を抱き上げた。
「ひゃっ――!?」
珍しく動揺した声を上げたリリスは、
ほんのわずかに頬を朱に染め、
ルインを見上げてくる。

「ワタシが【霊の魔王】です。
ドロシーと申しますので、
以後、お見知りおきを……」

「私の名は——アルフラ。
貴方達が、女神と呼ぶ者です」
その瞬間。ルインは何を言われているか、理解がまるで追いつかなかった。
なぜなら——それは、全てを統べる存在だからだ。

魔王使いの最強支配 4

空埜一樹

HJ文庫
1051

口絵・本文イラスト　コユコム

The demon lord tamer's
strongest domination

序章――紅き絶望

The demon lord tamer's strongest domination

群衆が鬨《とき》の声を上げた。

武装した兵士が、騎士《きし》が、冒険者達《ぼうけんしゃたち》が、決死の覚悟《かくご》で向かってくる。

その姿は勇壮《ゆうそう》で、気高く、何よりも尊く。

そして――あまりにも、滑稽《こっけい》だった。

「愚《おろ》か」

右手を静かに上げる。ただそれだけでいい。

体内を循環《じゅんかん》する魔力《まりょく》が反応し、我《わ》が意のままに望んだ現象を呼び起こした。

天が嘶《いなな》き、轟音《ごうおん》と共に光が降り注ぐ。赤き輝《かがや》きの御柱《みはしら》は次々と人々を打ちすえ、一人として残さず焼き尽《つ》くした。

絶叫《ぜっきょう》と悲鳴が混ざり合う心地《ここち》よい音楽が奏《かな》でられ、思わずほくそ笑《え》む。

先程《さきほど》まで自信に満ち溢《あふ》れていた者達が、自分が一歩踏《ふ》み出すだけで怯《おび》え、逃《に》げ惑《まど》い、蜘《く》蛛《も》の子を散らすようにして去っていく。

容赦《ようしゃ》なく区別なく、一切《いっさい》の慈悲《じひ》もなく光を操《あやつ》り、全てを駆逐《くちく》していく。

障害などあろうはずもない。

あれほど血気《けっき》盛《さか》んであった者達が物言わぬ骸《むくろ》と化す中を、悠然《ゆうぜん》と進んでいった。

やがて堅牢《けんろう》な城の中へと入り、護衛の騎士を瞬《まばた》きする間もなく排除《はいじょ》すると、巨大《きょだい》な扉《とびら》の前に出る。

指先で固い表面に触《ふ》れ、わずかに力を込《こ》めると、派手な音と共にそれは吹《ふ》き飛んだ。

中へと入ると、豪奢《ごうしゃ》な内装に彩《いろど》られた場が出迎《でむか》えた。

広々とした空間の最奥《さいおう》には大層な造りの王座が置かれ、そろそろ壮年《そうねん》に差し掛《か》かろうかという男が中腰《ちゅうごし》の姿勢で立ち尽くしている。

「お前は……ッ！」

男を守るようにして、周囲に居る全身鎧《よろい》に身を包んだ者達が向かってきた。

いずれも主君直属の精鋭《せいえい》達だ。

生半可な腕《うで》を持つ者では一太刀《ひとたち》も入れることすら敵《かな》うまい。

けれど、

「実に、愚か」

「——愚か」

先程と何も変わらない。ただ、手をかざせばいい。

血のように紅い光は残酷《ざんこく》なまでの威力《いりょく》をもって、その命をあまさず奪《うば》った。

残ったのは、男、ただ独り。

近付く為《ため》に歩みを再開すると、彼《かれ》はびくりと体を竦《すく》ませた。

だがそれでも己《おのれ》の矜持《きょうじ》が勝ったのか、敵意を剥《む》き出しにした鋭《するど》い目で睨《にら》み付けてくる。

それもまた、子鼠《こねずみ》が無駄《むだ》な抵抗《ていこう》をしているようで、哀《あわ》れではあったのだが。

「おのれ……おのれ魔王《まおう》……！」

憎悪《ぞうお》をたぎらせた声をぶつけ、男は猿《さる》のように歯を剥き出しにした。

「……だから申したであろう。我の要求に従わねばこうなると」

なぜ理解出来ないのか。それが何よりの疑問だった。

「今からでも遅《おそ》くはない。素直《すなお》に従えば貴様だけは生かしてやろう」

「断る！」

まるで斬《き》りつけるようにして、男は迷いなく言い放つ。

「あれは我が国の、いや、人間にとっての最後の希望。お前などに渡《わた》してなるものか！」

「どうしても、か？」

「しつこい！　どれだけ迫《せま》ろうが余は決してお前などに――ぐっ⁉」

手を伸《の》ばし、男の首を掴《つか》むとそのまま持ち上げた。

「ならば、もう、良い」

男を今まで野放しにしていたのは、単に時間の無駄を省くだけに過ぎない。手間さえかければ目的は達成できる。

で、あるなら、彼を生かしておく理由はどこにも存在しなかった。

「選択《せんたく》を誤ったな、王よ。我の心にわずかでも温情があると思うのであれば、それはまさしく都合の良い考えと言えよう。——我は、貴様を殺す」

わずかに力を込めると、男の顔色が変わった。喘《あえ》ぐように口を開き、空を蹴《け》るようにして足をばたつかせる。

「貴様を殺し、子を殺し、親族を殺し、部下を殺し、臣民を殺し、この国を、殺す」

微笑《ほほえ》みを浮《う》かべながら、青ざめる男の顔を見つめた。

「可哀想《かわいそう》に。どうにかなるとでも思っておったのか？　全力で抗《あらが》えば突破口《とっぱこう》が開けるとでも？　嗚呼《ああ》、そう、人間はいつもそうだ。いつもそうやって夢想する。努力すれば出来ないことはない、正しいことは報《むく》われる、神はいつも自分達を見ている——」

そうしたことは幻《まぼろし》で、現実はどうしようもなく厳しく。

全ては、起こることしか、起きない。

「その結果が、これだ。身に染《し》みて感じているだろう？」

少しずつ消えていく命の灯火《ともしび》を、それでも必死に守るようにして、男は己の首を絞《し》める手に指をかけた。

「愚か——あまりにも愚か」

引き剥《は》がすことなど出来るはずもない。そもそも魔族《まぞく》と人間では根本的な能力が違《ちが》い過ぎるのだ。

「愚か……なのは……お前だ……」

男が、か細い声を発した。苦しみの中、それでも一矢《いっし》報《むく》いるようにして。

「ここで……余が死のうとも……いつかきっと……」

彼は笑い、まるで勝利を確信しているかの如く言った。

「いつかきっと、魔王使いが——」

鈍《にぶ》い音が鳴る。

何十年と積み重ねてきたであろう、男の人生の最期《さいご》を告げるには、あまりにも小さい旋《せん》律《りつ》だった。

不自然に首が曲がった彼を塵《ちり》のように投げ捨て、呟《つぶや》く。

「……魔王使い」

忌《い》まわしい響《ひび》きであった。

魔族の頂点に立ち、全てを超越《ちょうえつ》した存在である魔王。

それを『使う』などと、いかにもあの女神《めがみ》が考えそうなことだ。

「だが――」

濁《にご》ったような目をさらす男を見下し、その名を小さく呼んだ。

「魔王使いルイン、か」

そうして先程までこの国の主であった、今はただ腐《くさ》りゆくだけの物に背を向けて。

再び、歩き始めた。

第一章――堕ちた国

The demon lord tamer's strongest domination

ローレンシュタインと呼ばれる国の王都にルイン達が辿《たど》り着いたのは、ロディーヌとの戦いを終えた一カ月後のことであった。

「あれが目的地ってわけ」

王都を見下ろせる丘《おか》の上に立ったアンゼリカが、腕を組んで鼻を鳴らす。

「なんだかショボい街ね。今まで見てきた王都の中では一番小さいんじゃない？」

「まあ、確かに……規模としてはそうかもな」

アンゼリカの隣《となり》に立ったルインが答えると、彼女《かのじょ》は疑わしげな眼差《まなざ》しを向けてきた。

「情報は確かなんでしょうね？　最近、あそこがセオドラに落とされたっていうのは」

「セレネが言ってたからそうなんじゃない」

後ろから抑揚《よくよう》のない声をかけてきたのはリリスだ。アンゼリカは彼女の方を振《ふ》り向いて
「どうだか」と納得《なっとく》がいっていない口調で返した。

「どう見ても、魔王が狙《ねら》うようなとこには見えないけど」

「お主、話を聞いておったのか。だからこそ行ってみるべきだと話がまとまっておったじゃろう」

呆《あき》れたように言ったのはサシャだ。長く艶《あで》やかな黒髪《くろかみ》を風になびかせている。

「ああ。セオドラは頭角を現し始めてからいくつもの国を支配下に置いているけど、いずれもリステリアに匹敵《ひってき》するほど巨大なところばかりだ。だけどあのローレンシュタインという国はそれに比べると明らかに小さい。逆にそこが怪《あや》しいと思うんだ」

ルインが同意を示す為に頷《うなず》くと、アンゼリカは「分かってるけどねえ」と、それでも不満そうに口を尖《とが》らせた。

――遡《さかのぼ》ること、三週間ほどの話だ。

【剣永《けんえい》の魔王】であるロディーヌは、突如《とつじょ》として姿を見せた現魔王セオドラの手によって攫《さら》われてしまった。

その後、遂《つい》に本格的に動き始めたセオドラに対応すべくしてルイン達は、彼女によって支配された国を解放し協力関係を結ぶことを考えたのだ。

となれば問題となってくるのは『どの国にするか？』ということである。

魔王使いという特殊《とくしゅ》なジョブに恵《めぐ》まれ、サシャを始めとする歴代の魔王達と主従の契約《けいやく》を結んだルインだが、それでも立場としては一介《いっかい》の冒険者《ぼうけんしゃ》に過ぎない。

いくらセオドラの手から救い出したといえども、国王という立場にある者がおいそれとルイン達と同盟を結んでくれるとは思えなかった。

で、あればなるべく理解を示してくれそうなところを選択するべきなのだが、これがまた難しい。そもそもやろうとしていることが前代未聞《ぜんだいみもん》なのだから、基準とすべきものがまるでないのだ。

ルイン達は色々と悩《なや》み、情報を集め続けたが決定打といえるものはなく――。

そんな時、ルインの幼馴染《おさななじみ》セレネから、ローレンシュタインという国のことを聞かされた。規模としては他に劣《おと》るにもかかわらず、セオドラが目を付けたそこに、彼女が手中に収めようとした特別な理由があるのではないか。そんな風に、踏んだのである。

また、直近で支配下に置かれたということは、その国の人々の中にはまだセオドラに抗おうとする意志を持つ者がいるかもしれない。そんな者達の協力を得ることが出来れば事も進みやすくなるだろうと、そういった算段もあった。

そうして、他に情報を集める為に別行動をとることにしたセレネと一旦《いったん》離《はな》れ、ルイン達一同は、ローレンシュタインへと向かったわけである。

「これで行ってみて何もなかったらどうすんのよ。あんなショボい国と手を結んだところで得るものなんてなにもないわよ」

なるほどアンゼリカが先程から機嫌《きげん》が悪いのはそのせいかと、ルインはようやく合点《がてん》がいった。

「そうでもないよ。規模がどうであれ一国がオレみたいな奴《やつ》と同盟を組んでくれたっていう事実は結構な効力を持つと思う」

「まあ、そだね。ヒトって前例があると決断しやすくなる傾向《けいこう》にあるから」

リリスの言葉にサシャもまた頷く。

「まあ、最初の一手としてはこれくらいがちょうど良いのかもしれぬ。別にローレンシュタインだけを同盟相手にする道理もない。ここから始めればよかろう」

「そりゃあ、そうかもしれないけど……」

「それに、セオドラの支配で苦しんでいる人達を救えるんだ。得るものはなにもない、なんてことは絶対にないとオレは思うよ」

最後に告げたルインの言葉は思いのほか、アンゼリカの心に響いたようだ。

彼女はわずかに目を見開き、少しだけ沈黙《ちんもく》した後、何かを諦《あきら》めるように息をついた。

「……あたし、あなたのそういうところ苦手」

「え⁉　なぜ⁉」

「うるさいわね。分かったからとっとと行くわよ」

何かを振り切るように言うと、アンゼリカは丘を降り始める。

「ちょ、ちょっと待った。オレ、なにか悪いこと言ったか？　それなら謝《あやま》るよ」

慌《あわ》てて追いかけるルインに、アンゼリカは少し頬《ほお》を赤らめながら叫《さけ》んだ。

「別にないわよ！　ないから苦手だって言ってんの！」

「ええ……」

「フハハハハハハハ。気にするな、ルイン。打算で動く者が純粋《じゅんすい》な心をぶつけられ、自分が悪者になったような気分になっているだけじゃ」

全てを見抜《みぬ》いたように高笑いをするサシャに、アンゼリカが「あなたが一番うるさいのよ！」と落ちていた石を拾って投げた。

「いたいっ⁉　おい！　仮にも初代魔王に対して石をぶつけるとは何事じゃ！　日ごろから思っておったがお主はわらわに敬意というものを抱《いだ》いておらんな⁉」

「抱くわけないでしょそんなもの。あなたに敬意を持つくらいならあそこにいるウサギに持った方がマシよ。可愛《かわい》いし」

「なんじゃと、よりにもよってわらわが畜生如《ちくしょうごと》きに劣るとはいかに後輩《こうはい》と言えど許さぬ……確かに可愛いが、あのウサギは」

二人の掛け合いを聞きながら、なんだか申し訳ない気持ちになって頭を掻《か》くルインを、リリスが後ろから軽く叩《たた》いてきた。

「別にアンゼリカは怒《おこ》ってないと思うよ。ルインのそういうところ、私は嫌《きら》いじゃないし」

「そ、そうか？　ありがとう……」

ルインが頭を下げると、リリスはほんのわずかに笑みを浮かべ、サシャ達を追いかけていった。

（……リリスも出会った頃《ころ》に比べると少し変わった気がするな）

以前はそれこそ仮面のように微動《びどう》だにしなかった表情も、近頃《ちかごろ》では少しだけ変化が見えるようになった。声も、幾分《いくぶん》か柔《やわ》らかくなった気がする。

サシャに言わせれば「さっぱり分からん」とのことだが、ルインにはなんとなく、それが感じ取れるのだ。

（もしその理由が、オレやサシャ達と行動するようになったからだったら……嬉《うれ》しいな）

リリスもまた自分のように、今の関係の中になんらかの意味を見出《みいだ》しているということになるからだ。

自分の感覚が気のせいでないことを願いながら、ルインもリリス達の下へと駆《か》けた。

ローレンシュタイン王都の門は固く閉じられ、番人である魔族達《まぞくたち》によって万全《ばんぜん》の守備体制が敷《し》かれていた。

門だけでなく上空にも見張りが存在し、それこそ猫《ねこ》の子一匹《ぴき》通さんとばかりに、絶えずして周囲に厳しい目を向けている。

「これは……さすがに正面から入るのは厳しそうだな」

サシャ達と共に門の近場にあった大きな岩の陰《かげ》に隠《かく》れながら様子を窺《うかが》っていたルインは、そう言った。

「そう？　あれくらい纏《まと》めてぶっ飛ばせばいいんじゃない。あたし一人でだってやれるわ」

アンゼリカが余裕綽々《よゆうしゃくしゃく》といった態度をとるのに、サシャが間髪《かんはつ》容れずに告げる。

「阿呆《あほう》。下手に暴れて中から大量に仲間が出てきたらどうするのじゃ」

「誰《だれ》が阿呆よ。それだってここにいる全員が居れば返り討《う》ちに出来るわよ」

「確かにそうかもしれないけど、王都の中には元々この国の民だった人達がいるかもしれない。オレ達が戦うことで彼らに被害《ひがい》が出るかもしれないことを考えると、それは避《さ》けたいな」

「……むう。まあ、それはそうね」

ルインの意見を尤《もっと》もだと思ったのかそれ以上は反論せず、アンゼリカは素直に引いた。

「誰かが先行して忍《しの》び込んだ上、裏口か何かを探して、待機しているヒトを呼び込んだらどうかな」

リリスの案に、ルインは「そうだな」と顎《あご》を引いた。

「オレも同じことを考えてたよ。となると、潜入《せんにゅう》するのは一人か二人ってところか。一人はオレがやるよ」

「そうじゃな。お主は何かと器用じゃ。この手のことにも長《た》けていよう。となれば後はわらわが同行するということで――」

「いや。二人目はリリスがいいと思う」

当然のようにして話を終わらせようとしていたサシャは、ルインの言葉に目を剥いた。

「は？　なぜじゃ？」

「え？　ああ、いや、リリスの権能《けんのう》って色々便利だろ。何かあった時に対応出来るかなと」

あらゆる魔物《まもの》の能力を再現できるのだ。万が一、窮地《きゅうち》に陥《おちい》った時の突破口にもなるはずだった。

「ああ……ああ、そういう……まあ、確かにそうじゃな。うん……」

納得する素振《そぶ》りを見せつつも、なぜかサシャは少し落ち込んだように俯《うつむ》く。

「どうした？　サシャにも何か良い作戦があるのか？」

「いや別にそういうわけではないが。なんというか……うむ、なんでもないのじゃ」

なにかを言おうとするサシャはしかし、途中《とちゆう》で首を振って口をつぐんだ。彼女にしては珍《めずら》しく歯切れが悪い。

「ははーん。あなた、もしかして、ちょっと嫉妬《しつと》してるんじゃない？」

が、アンゼリカがにやにやしながら指摘《してき》すると、サシャは「なっ⁉」と勢いよく顔を上げた。

「ルインと行動するのは自分だと決めつけていたところに、まさかのリリスを指名されたから、理屈《りくつ》では受け入れてもどこか引っかかってるんでしょ」

「そ、そんなことはないわ！　知ったようなことを言うでない！」

「いいのよ無理しなくて。仕方ないわよね。一番長くルインと一緒《いつしよ》に居たのはサシャなんだから。でも過ぎた独占欲《どくせんよく》は良くないわよ。鬱陶《うつとう》しいって思われるから」

「べ、別に独占したいなどと思っておらんわ！　確かにルインと最初に相棒となったのはわらわじゃが、だからといってそれが特別なのだとかそういうことは思っておらずじゃな！」

「はいはい。分かった分かった。あなたが素直になれない性格なのはよーく分かったから」

「大丈夫《だいじようぶ》だよサシャ。ルインと二人きりになったからって、なにもないから。……多分」

リリスがとりなすように言うが逆効果だったようだ。サシャは顔を赤くして、彼女に食《く》って掛かる。

「お、お主までなにを言うか！　あと、多分ってなんじゃ、多分って！　世の中で多分大丈夫というて大丈夫であった試《ため》しがあるか！」

「どうしてそんなに焦《あせ》ってるの？　やっぱり不安なの？」

「ふ、不安などあるものかーっ！」

「サ、サシャ、ちょっと声を抑《おさ》えて……」

よく分からないが動揺《どうよう》しているサシャを、ルインは必死で宥《なだ》めた。ある程度の距離《きょり》があるとは言え、敵陣《てきじん》は目の前なのだ。

「は、はあ、はあ、まったく……いちいちヒトをからかいおって、性質の悪い奴らじゃ」

ようやく平静を取り戻《もど》したらしきサシャが荒《あら》い息を吐《は》きながら、リリス達を睨み付ける。

「さて、サシャを弄《もてあそ》ぶのも楽しいけどいつまでも遊んでいられないわ。ルイン、リリス、そろそろ行ってきなさい」

相も変わらず爽《さわ》やかな笑みを浮かべているアンゼリカに手を振られ、ルインはリリスと頷き合い、その場から立ち上がった。

「お主、そろそろ本気で立場を分からせないといかんようじゃのう……」

「あら面白《おもしろ》い。どう分からせてくれるのかしら」

「なんならここでやってみせても良いのじゃぞ？」

「いいわね。ルイン達から敵の目を逸《そ》らす為に少し運動でもしてみる？」

「二人とも、喧嘩《けんか》はダメだぞ」

今にも互《たが》いに飛びかからんばかりに火花を散らし合うサシャとアンゼリカに、ルインは釘《くぎ》を刺《さ》した。

「……まったく。サシャとアンゼリカって微妙《びみょう》に相性《あいしょう》悪いよな」

岩陰《いわかげ》から慎重《しんちょう》に出て歩き始めたルインがぼやくと、同行していたリリスは「そう？」と首を傾《かし》げる。

「あれはあれで仲が良いと思うけど」

「そうか？　事あるごとに言い争いしてる気がするけど」

「逆に言えば本音をぶつけ合ってるんだよ。喧嘩するほど仲が良いって言うでしょ」

「……なるほど。そういうことか」

「うん。多分」

「多分って本当、なんの保証にもならないよな……」

先ほどのサシャの言葉が実感を伴《ともな》ってくるなと、ルインは苦笑《くしょう》した。

その後、敵の目が届かぬようにして進み、ルイン達は王都を囲む城壁《じょうへき》の側面へと移動した。眼前には高い壁《かべ》が立ち塞《ふさ》がるのに加え、さすがに正面より数は少ないものの、依然《いぜん》として上空には魔族が飛行し、厳戒《げんかい》態勢をとっている。

「飛んで入るのはダメそうだね。ルインならあの魔族達を矢で射貫《いぬ》けそうだけど」

「やれるとは思うけど、あれだけの数を一度にってなると成功するかどうかは不安だな」

「そこで不可能って言わない辺りがルインのすごいところだね。なら、城壁を登ることは出来る？　それもなるべく早く」

「それくらいなら、まあ。なにか方法があるのか？」

「うん。見てて」

　言ってリリスが目を閉じると、彼女の体に変化が生じた。全身がみるみるうちに周囲の風景と同化していく。

　やがて彼女の姿は全くといっていいほど見えなくなった。わずかに空間に揺《ゆ》らぎがある為そこにいると分かるが、それもルインがリリスの存在を知っているから出来ることだ。何も知らない者であれば、よほど注意して観察しない限りは分からないだろう。

「ああ……なるほど。これは【インビジード・フロッグ】の力か？」

　獲物《えもの》に気配なく近付くことを得意とする魔物で、今のリリスのように透明化《とうめいか》する技を持つ。

「そう。ルイン、私の手を握《にぎ》ってみて」

「……いいのか？」

「うん。照れなくてもいいよ」

「いや別に照れているわけじゃないけど……」

それでも少し躊躇《ためら》いながら、ルインはリリスの手があるであろう箇所《かしょ》に目算を立てて動いた。確かな感触《かんしょく》を捉《とら》えて握った途端《とたん》——「うわっ」と思わず声を上げる。

ルイン自身の体もまた、彼女と同じようにして透明になったからだ。

同時に、消失していたはずのリリスの姿が薄《うっす》らと見え始める。

「これは……【インビジード・フロッグ】にこんなことが出来たのか？」

「多分、私の権能を通すことで少し強化されているんだと思う。自分以外の一人だけなら、同じ状態に出来る」

「今、リリスのことが見えているんだが、これも強化された結果なのか？」

「うん。ただし、私が手を離すとルインの方は見えてしまう。あとこの状態には時間制限があるよ。もって十分ほどかな」

「ああ、それでなるべく早く壁を登れるかって聞いたのか」

「そういうこと。この力、結構集中しなきゃいけないから、発動すると他に手が回らなくなるの。だからルインにやってもらうしかなくて。出来る？」

「ああ。任せてくれ。と……その前に、ごめん」

言ってルインはリリスの背に空いている手を置くと、そのまま彼女を抱き上げた。

「ひゃっ――!?」

珍しく動揺した声を上げたリリスは、ほんのわずかに頬を朱《しゅ》に染め、ルインを見上げてくる。

「悪い。こうした方が登りやすいから、嫌《いや》だったら別の手を考えるから言ってくれ」

「……ううん。別にいいけど」

「そうか。ありがとう。なら急ごう」

早くしなければ、権能の効果が解けてしまう。

ルインは城壁へ向けて勢いよく走り出した。

「……サシャに話したら怒られそうだから、このことは黙《だま》っておこう」

「なにか言ったか？」

小さな声を聞きとれなくて尋《たず》ねると、リリスは首を横に振って少し笑う。

「なんでもないよ。気を付けてね」

どことなく嬉しそうに見えるその表情をルインは不思議に思いつつも、「分かった」とだけその場は答えた。

「ところで、どうやって登るつもり？　足場になるようなものはなさそうだけど」

「うん？　いや、普通《ふつう》にするだけだよ」

ある程度まで接近するとルインはその場から跳躍《ちょうやく》し、城壁に足をかけた。

そうして——そのまま、一気に駆《か》け登り始める。

数十秒ほどで頂点まで辿り着くと、リリスを抱《かか》えて王都内部に飛び降りた。

途中で壁を蹴って衝撃《しょうげき》を殺し、無事に着地する。

「よし。一丁上がりだ」

「…………」

「どうした？　リリス」

呆然《ぼうぜん》としている様子のリリスに声をかけると、彼女はそこで我に返ったように目を瞬かせた。

「……いや。うん。当たり前みたいにとんでもないことやったから。今のどうやったの？」

「どうやったって、勢《い》いを活かして落ちる前に足を動かし続けただけだよ。そうしたら垂直なところでも走れるだろ」

「だろって言われても。いやまあ、もう今更《いまさら》だから別にいいけど……」

ルインから下ろされたリリスは、それでも釈然《しゃくぜん》としていないようだった。

「さて、リリスのおかげで無事に王都内に入れたな。サシャ達を手引きする為に必要な場所を探すために、少し街を見て回るか」

「うん、そだね。上手《うま》く見つかるといいけど」

権能の力が消え元の姿を現したリリスに、ルインは提《さ》げていた鞄《かばん》の中から二人分のローブを取り出し、片方を彼女に渡した。普段《ふだん》は砂塵《さじん》から身を守る為に使っているものだが、今回は自分達の正体が魔族にバレないよう、姿を隠す為に身に纏うことにする。

リリスと共に頭からローブを被《かぶ》ると、ルインは街へと繰《く》り出した。

ルイン達が下りたのは王都の郊外《こうがい》であった為に人気《ひとけ》はなかったが、大通りまでくると賑《にぎ》わいが一気に増した。

商店が並ぶ道を、様々な格好をした者達が闊歩《かっぽ》している。

ルイン達はそれらに紛《まぎ》れるようにして入り込むと、何気ない風を装《よそお》いながら歩き始めた。

ローレンシュタインの住民たちはそれぞれに平和そうな顔で、時に談笑《だんしょう》しながら大通りを行き交《か》っている。

商店からは景気良く客を呼び込む声が、ひっきりなしに響いていた。

しばらく、そうした周囲を観察しながら進んでいたが――やがて、ルインは引っかかるものを覚え始める。

「……なあ、リリス。気づいたか？」

「ん。ルインも？」

どうやら、同じことを考えていたようだ。ルインは右隣《みぎどなり》に居るリリスに視線を送り、周りに聞こえないように囁《ささや》いた。

「ああ。どうにも……妙《みょう》だ」

「うん。皆《みな》――普通過ぎる」

そう。リリスの言う通りだ。

見る者、見る者、あまりにも『何の変哲《へんてつ》もない』のである。

全てがルイン達が今まで立ち寄ってきた街の人々と変わりない。

変わりないからこそ――この場においては、それがなによりも異常だった。

（とてもじゃないけど……魔王に支配された街とは思えない）

街中には監視《かんし》の為か魔族の姿がちらほらと見えるが、住人の誰も怯えるような様子を見せていない。通常ならば息が詰《つ》まるような緊張《きんちょう》感に包まれているはずだが、全員が自然な表情を見せていた。

まるで、魔族など見えていないかのように。

（かと言って、ロディーヌが統治していた街みたいに人間と魔族が共存しているわけでもなさそうだ。どういうことなんだ……？）

しばらく考えてみたが見当もつかない。ひとまずルインは考えるのをやめて、引き続き、サシャ達を手引きする為の場所を探すことにした。

「上手く裏口みたいなのがあるといいんだけどな……」

「色々と街中を巡《めぐ》ってみるしかないね」

リリスの言葉に頷いて、ルインはそれからしばらくの間、ローレンシュタインの王都内を散策した。

規模としては他より劣るといっても、一国の王都だ。隅々《すみずみ》まで探すとなると時間がいくらあっても足りない。

その為、ある程度の当たりをつけて調べたが――それでも、数時間以上はかかった。

しかも、

「……ダメだ。全然見つからない」

裏口、と言わずとも見張りの死角になるような場所があればどうにでもなると踏んでいたのだが、それすらも存在していなかった。

至る所に魔族が巡回し、わずかな変化も見逃《みのが》さないとばかりに警戒《けいかい》の目を向けている。

「参ったね。かなり厳しい警備をしているみたい」

リリスも少し疲《つか》れたような口調で息をつく。

「ここまでとはな……仕方ない。少し休憩《きゅうけい》するか」

「いいの？　サシャ達、待っていると思うけど」

「そうだけど、このままずっと歩き回っていても、疲労《ひろう》で頭が鈍る。少し落ち着けば妙案《みょうあん》が浮かぶかもしれない」

焦れば焦るほど、思考というものは空回りするものだ。強引《ごういん》にでも休息をとることで冷静になり道が開けることもあるということを、ルインは経験上知っていた。

「なるほど。一理あるね。ちょうどお腹《なか》も減ったし」

リリスの同意も得たということで、ルインは再び大通りへと戻ってくる。

どこか適当なところにでもと商店を見ていると、

「兄ちゃんたち！　旅人かい？　良かったらうちに寄っていきなよ」

軒先《のきさき》に出ていた男に声をかけられた。見れば宿酒場のようだ。

ルインはリリスと目を合わせ、特に迷う必要もないかと頷き合った。

男に先導されるまま二人揃《そろ》って店の中に入ると、昼時を過ぎた為か客はほとんどいない。

「じゃあ、ここに座《すわ》ってくんな。なに食べる？」

席につくなり男からメニューを渡され、ルインはざっと見て言った。

「じゃあ、オレは果実水を」

「私もルインと同じものを」

リリスもまた男にそう告げたが、

「それと子牛と季節野菜の煮込《にこ》みに丸鶏《まるどり》の香草焼き、川魚のバター焼きに豚《ぶた》の岩塩漬《づ》け。あとはベリーパイも貰《もら》おうかな」

「お、おう。見た目の割によく食うね、お客さん」

「ああ、この子羊の蒸《む》し焼きも美味《おい》しそうだからお願い」

「ええ⁉……分かったよ。少し待ってな」

若干《じゃっかん》、笑《え》みを引きつらせながらも男はメニューを持ったまま店の奥《おく》へと引っ込んでいった。

「リリス、ここへ来る少し前に昼食はとったよな？」

「とったよ。だから少なめにしておいた」

「……そうか」

「そう」

深くは突《つ》っ込《こ》むまい、とルインは会話を終わらせた。サシャを始めとする魔王達の異常とも言える食欲には、もういい加減に慣れたものだ。

「上手くサシャ達を誘《さそ》い込めるかな」

リリスは声を抑えめにして言った。客が少ないといっても、潜入中の身だ。なるべく話を聞かれない方がいいという配慮《はいりょ》なのだろう。

「ううん。そうでなきゃ困るんだよな。まあ、なんとかなると思いたいけど……」

ルインもまた小さく答えると、リリスとの間に沈黙が下りた。

「……。この店、美味《うま》いのかな」

「だといいね」

「ああ」

「…………」

「…………」

気まずくて話題を出してみたがすぐに終わってしまう。

(うーん。どうしよう。思えばリリスと二人きりになるのは初めてだな)

いつもはサシャやアンゼリカが居て、彼女《かのじょ》達がなにかと常に喋《しゃべ》っている為《ため》に気付かなかったが、リリスは本来、口数が極端《きょくたん》に少ない方だ。

ルインとて喋り上手というわけではない為、相手が乗ってこなければ会話が続かないのである。

「ねえルイン」

と、思っていたところで唐突《とうとつ》にリリスが話しかけてきた為、ルインは反射的に体を竦《すく》ませた。

「あ、ああ。どうした？」

「――私と会話するの難しいって思ってない？」

あまりにも的確に図星を突かれたため、慌てて答える。

「そ、そんなことないけどっ？」

不味《まず》い。声が上擦《うわず》ってしまった。バレていないといいがと冷《ひ》や汗《あせ》を掻いていると、

「声が上擦ってるよ。やっぱりそうなんだね」

やはりしっかりとバレていた。

「……ごめん。いや別にリリスと話すのが嫌ってわけじゃなくて」

言い訳をしようとしたルインに、リリスは首を横に振る。

「分かってる。別にいいよ。私、昔から誰かと喋るのがあんまり得意じゃないから」

「そ、そうか。……でもリリスって昔は魔王《まおう》として、沢山《たくさん》の魔族を従えてたんだよな。その辺は大丈夫だったのか？」

誰かの上に立つ者は、ただ黙って偉《えら》そうにふんぞり返っていればいいというわけではない。政治的な行動もそうだが、時に配下の者達への気遣《きづか》いも必要になってくるし、その為に様子を窺うべく頻繁《ひんぱん》に声をかけることも重要になってくるだろう。

「ん。魔王としてやらなきゃいけないことは、レオーナが協力してくれていたから。なんとかなっていたよ」

「レオーナ？」

聞き覚えのない名にルインは首を傾げた。

「ああ。一番初めに私の部下になったヒト。ルインには前に言ったよね。私、人間に虐《しいた》げられていた魔族を助けているうちに魔王になっていたって」

「ああ。そうだったな」

「私に魔王になってほしいって、最初に言ったのがレオーナなの。彼女は権能によって魔物に変化できることが出来て」

「へえ。リリスと似てるんだな」

「うん。私と違《ちが》ってなれるのは一種類だけだったけど……ただ、すごく強くてね。でも、そのせいで冒険者達《ぼうけんしゃたち》に狙われてしまって、何十人に徒党を組んで襲《おそ》い掛《か》かられて、さすがに危ないところだった」

「そこをリリスに助けられたのか？」

「そう。そうしたらすごく感謝されて、あなたみたいに強いヒトが魔族《まぞく》の上に立つべきだって言われた。自分がその為に配下となる者を集めるからって」

「へえ。……もしかして、最初は断った？」

なんとなくそうではないかと思って指摘すると、リリスは少し目を丸くした。

「そう。よく分かったね」

「まあ、リリスともそれなりの付き合いだからな」

サシャやアンゼリカと違って、積極的に人を統率《とうそつ》するような性格には思えない。

「ルインの言う通り、最初は興味ないって答えたんだけど。レオーナがとにかくしつこくて。ずっと付きまとわれて、ずっと説得されて、誰かを助ける度に同じことを言われて……いい加減、面倒《めんどう》になって、分かったって言っちゃった」

「そういうことか。なんだかリリスらしいな」

冷たいように見えるが、その実、心根にはヒトを見捨てられない優《やさ》しさがある。

レオーナと言う人物も、その辺を見抜いたからこそ食い下がったのかもしれない。

「それからレオーナと一緒に困ってる魔族を助けたりしている内、気付けばすごい数のヒトが周りに居るようになって。私はあまりヒトと接することが得意じゃないから、レオーナが代わりにとり纏めてた」

リリスはテーブルに視線を落としたままで、わずかに口元を緩《ゆる》める。

「レオーナってとにかく明るくて、元気で、活動的で、積極的で、誰とでもすぐ仲良くなって……私と正反対のヒトだった。なのに彼女と一緒に居ると気が楽で、自分は魔王リリスの右腕《みぎうで》なんだって張り切ってる姿を見ると、私もちょっと嬉しかったのかな。とても……楽しい時間だったと思う」

「…………」

「……ルイン？　どうしたの？」

ずっと黙り込んでいたからだろう。リリスが不思議そうに見てくるのに、ルインは「いや……」と笑みを浮《う》かべた。

「リリスから昔の話を聞くのは初めてだったから。なんていうかこう、良い気分なんだ」

「私の昔の話を聞いたら、ルインが良い気分になるの？　どういうこと？」

「あー。いや。ほら。過去のことって、心を許してない相手にはあまり話したくないだろ。だからリリスも、オレのこと、いくらかは信用してくれるようになったのかなって」

「……え」

短く言って、リリスの動きが完全に停止した。今度は、ルインが不思議がる番である。

「ん、どうかしたか？　リリス」

様子を確かめようとしてテーブルに手を置き、身を乗り出す。

「……ぅあっ……！」

その瞬間《しゅんかん》、リリスは飛び跳《は》ねるようにして椅子《いす》ごと後ろへ下がると、即座《そくざ》に俯いた。

両手で顔を覆《おお》い、くぐもったような声を漏《も》らす。

「ぅう……」

「ど、どうした。なにかあったのか……!?」

心配になって尋ねると、リリスはそのまま首を左右に振《ふ》った。彼女《かのじょ》はいつのまにか耳まで真っ赤に染まっている。

「な、なんでもない。なんでもないからちょっと離《はな》れて……」

「いや、でも、明らかになにかあったような感じだけど」

「いいから！　これ、ルインのせいだから！」

いつもと違って必死な口調で叫ぶリリスにルインは押《お》され、「そ、そうか」と素直《すなお》に従って自分の席へと戻る。

「……はあ。ルインがたまにやる不意打ちが本当にやだ」

ようやく落ち着いたのか顔から両手を離したリリスが、しみじみと呟《つぶや》いた。

「その、不愉快《ふゆかい》にさせたなら、謝るよ」

「別に不愉快じゃないけど」

「そうなのか？」

「でも謝って」

「なぜ⁉」

「責任とって謝って」

「なんの⁉」

「いいから。ほら。早く。ごめんなさいする」

「……ごめんなさい」

釈然としないながらもルインが頭を下げると、リリスはどこか満足そうに頷《うなず》いた。

「よろしい。もうああいうことは言わないように」

「ああいうことって、リリスがオレに心を許してるって――」

「言わないように！」

ばん、とテーブルを叩かれて、ルインは思わず「はい！」と姿勢を正す。

「本当にもう……」

そっぽを向きながら、リリスは少し頬を膨《ふく》らませた。

「……悪い。でもオレ、リリスやサシャ達のことを仲間だと思っているから。テイムした身でなに言ってるんだって思うかもしれないけど。それでも、その気持ちは確かだからさ。リリスの方もそう思ってくれてるといいなって」

「……それは。その。そうだけど」

「え？」

リリスはルインから目を逸らしたまま、それでもちらりと視線を送り、小さく告げた。

「人間だし、魔王使いなんてジョブだし。最初はルインのこと、信じてなんかなかったけど。今は……まあ、それなりには」

「……そうか。ありがとう、リリス」

ほっとしてルインが笑いかけると、リリスは再び頬を赤らめた。

「そ、それなりにだから。あんまり調子に乗っちゃダメだよ」

「あ、ああ、そうだな。調子には乗らない」

「……ちょっとくらいなら乗ってもいいけど」

「どっちなんだ」

「知らない」

リリスは肩《かた》を竦め、再びルインの方を向く。一見するとつっけんどんな態度だが、単なる照れ隠しだろう。そういったことが見抜ける程度には、彼女のことを理解できるようになっていた。

「それにしても、食事が来るの遅《おそ》いね。お客さんはあまりいないのに」

「リリスが滅茶苦茶《めちゃくちゃ》頼むからだろ」

「控《ひか》えめにしておいたよ」

リリス基準でだろ、とルインが呆《あき》れていると、荒い足音と共に男が車輪つきの台を引いてやってきた。

「いやあ、悪い、悪い。待たせちまったな。ほら、注文の品だ」

言って、彼《かれ》は台からテーブルの上へと、次々と料理を移動させていく。

「本当に待ってたよ。いただきます」

リリスは心做しかウキウキしている様子で、あらかじめテーブルに置かれていたスプーンを手にとった。

そのまま、近くにあった子牛の煮込みに挑《いど》もうとする――。

だがその時、ぴたりとその手を止めた。

その理由は、ルインにもすぐに分かった。

「これは……」

わざわざ鼻をひくつかせることもない。運ばれてきた料理全てから、異臭《いしゅう》が漂《ただよ》っている。

「……あの、すみません。これ、食材が腐《くさ》ってませんか？」

立ち去ろうとしていた男を呼び止めると、彼は「はあ？」と振り返った。

「そんなわけないだろう。変な難癖《なんくせ》つけるのやめてくれよ」

「難癖じゃないよ。よく確かめてみて」

リリスが料理を指差すのに、男は不満そうにして近付いてくると、皿の一つに顔を近づける。

途端に「あ……」と声を漏らすと、気まずそうな表情になった。

「いや、悪い！　その、これはなにかの間違《まちが》いだ。今、全部作り直してくるから！」

男は料理を台の上へと再び戻すと、急ぎ足で調理場へと帰っていく。

「……許せない。あれだけ待たせておいてこの仕打ちとは」

無表情ながらも憤《いきどお》るようにして拳《こぶし》を握るリリスを、ルインは「まあまあ」と宥める。

「それにしても……一つや二つならともかくとして、全部の食材が腐ってるなんてことあるのか？」

「衛生管理がなってないんだよ。この分だと味も期待できなそう」

「ううん。単純にそれだけの話なのか？　なんだか……そもそも客が来ることを想定していないから、食材を放置しているうちに腐った、とか。そんな感じに思えるけど」

「宿酒場でそんなことする？　やる気がないにも程《ほど》があるよ」

「……そうだな。普通ならありえないんだけど」

住民達の様子といい、どうもこの街はおかしい。

具体的になにが変なのかと言われると返答には困るが、全体的に作り物めいているというか——不自然なものを、ルインは感じていた。

「いやあ、本当にすまねえ。ほら、今度こそ大丈夫だから」

しばらくの後、男が作り直してきた料理は、確かに腐ってはいなかった。

それどころか味としても非常に美味しく、リリスは殊《こと》の外《ほか》、満足したようだ。

しかしルインからすれば、それもまた引っかかる要素であった。

ちゃんとしている食材があるのならば、調理している時にダメになっていることに気付いて取り換《か》えようとするものだろう。

それなのにルイン達に指摘されて初めてそうしたということは——あれだけの臭《にお》いがしているにもかかわらず、自分では何も分からなかった、ということになる。

「ふう。不味かったらどうしようって思ったけど、心配はいらなかったみたいだね」

そうこうしている内、リリスが料理をたいらげた為、ルインは店から出ることにした。

「ご馳走様《ちそうさま》でした。会計お願いします」

男を呼ぶと、彼は愛想笑《あいそわら》いと共にやってきた。

「いやいや。さっきは申し訳なかったな。お詫《わ》びに半額でいいよ」

「そんな。作り直してくれたんだからいいですよ。それより、少し訊《き》いてもいいですか？」

料理の代金を支払《しはら》いながらルインは尋ねる。

「この街って……その、今の魔王に支配されているって聞いたんですけど……」

不意に。

男の表情が、固まった。

――だが、やがて彼は、元のように営業用の愛想良い表情を浮かべる。

「ああ、そうだよ。それがどうかしたかい？」

「いえ、それなのになんていうか、住民の人達があまり恐《こわ》がっていないというか、不安がっていないように見えたもので」

「あー、なるほど。そういうことか。いやあ、現魔王……セオドラ様の統治ってのは、これがまた予想外に良くてな。支配されはしたがおれ達に自由を与《あた》えてくれているんだよ。生憎《あいにく》と外に出ることは敵《かな》わねえが、中で暮らす分には以前と何の違いもねえんだ」

「そう、なんですか？」

「おう。魔族も見ているだけで何もしてこねえしな。だからまあ、今んとこは平和だよ」

「……そういうことですか。ありがとうございました」

ルインは会釈《えしやく》すると、男に見送られながら、リリスと共に店を出た。

そのまましばらくの間、無言で歩き続けていたが、ある程度店から離れたところで口を開く。

「怪《あや》しいな」

「私もそう思う」

リリスが頭から被ったローブの下で頷く動作を見せた。

「あのセオドラが王都を攻め落として何もしないなんてありえない」

「ああ。それにあの店主、オレ達のことを怪しがりもしなかった」

思えば最初から妙だったのだ。

門前の警戒《けいかい》度合を見れば、恐《おそ》らくは外から誰《だれ》かが入ることは容易に出来ないはずだ。

にもかかわらず彼はルイン達に「旅人かい？」と気軽に声をかけた。

その上、魔王について尋ねた時にも、こちらの素性《すじよう》を気にする素振《そぶ》りもない。

「なんか気持ち悪いな、この街……」

入った時からずっと誰かに騙《だま》されているかのような――そんな不気味さを覚えた。

「どうするの。一旦《いったん》、ここを出て他で詳《くわ》しい情報を仕入れた方がいいかもしれないけど」

「ああ。オレもそっちの方が良い気がしてきた」

このまま手探《てさぐ》り状態で、得体の知れない街を彷徨《さまよ》うよりはマシだろう。

それこそ、なにか取り返しのつかないことが起こらないとも限らない。

「じゃあ、来た時と同じ場所に行って、また壁を越《こ》えて――」

「――ルイン＝シトリーだな」

ルインがリリスに提案しようとしたその瞬間だった。

背後から声をかけられ、振り返ると、そこには全身鎧《よろい》をまとった男が数人、槍《やり》を構えたままで立っている。羽織った赤いサーコートが風で翻《ひるがえ》り、縫《ぬ》い込まれたローレンシュタインの家紋《かもん》を見せた。

（不味い、この国の騎士《きし》か！）

人間ではあるようだが、魔族の命令で動いている可能性が高い。

となればルインのことを知っていて、捕《と》らえにきたのかもしれなかった。

（どうする。あまり派手に動く訳にはいかないが、ある程度立ち回って、隙《すき》を見て逃《に》げるか……!?）

ルインがスキルを発動しようと動くのに合わせ、リリスもまた構える。だが、

「落ちついてくれ。こちらに君達と戦う意思はない」

先頭に立つ騎士の男から想定外のことを言われ、ルインは思わず「へ？」と気の抜《ぬ》けた声を口から漏らした。

「ここではなんだ。少し場所を移しても構わないか」

更《さら》にそう続けられ、ルインは咄嗟《とっさ》にリリスと顔を見合わせる。

「大丈夫《だいじょうぶ》だ。私達は君達の敵ではない。……と口で言っても信用されないかもしれないが」

苦笑気味に告げた騎士の男に、ルインは視線を戻《もど》し、

「いや……まあ、なんというか」

「頼《たの》む。君達に頼みたいことがあるんだ」

頭を下げるその態度には、確かな誠実さが窺《うかが》えた。

「……分かりました」

ルインが答えると、男は顔を上げ「ありがとう」と親しみやすい笑みを浮かべる。

「こっちだ。ついてきてくれ」

彼を始めとする騎士達はそう言って、先導するようにルイン達の前を歩き始めた。

「ルイン、いいの？」

騎士達についていきながらも、リリスが小声で訊いてくる。

「ああ。よく分からないが、八方ふさがりの現状を打開するきっかけになるかもしれない。もしなにかあっても彼ら数人程度なら、オレとリリスでなんとかなる」

「……ま、そだね」

一応の納得《なっとく》を見せたリリスと共にルインが騎士達の背を追っていくと、彼らはやがて人気のない街の郊外までやってきた。

そこで足を止め、ルイン達の方を振り返る。

「ここなら大丈夫だろう。一つ確認《かくにん》したいが——君は【魔王使い】ルイン＝シトリーで間違いないか？」

先頭の騎士が問いかけてくるのに、ルインはいつでも動けるように心構えをしながら答えた。

「ええ、そうですが。オレのこと、ご存知《ぞんじ》なんですね」

「ああ。君はすっかり魔族の間で有名人だ。各地の封印《ふういん》された魔王を解放し、配下にしているとな」

「配下ではなく仲間ですが……となるとあなた達は、魔族からオレのことを聞いたと？」

「そうだ。見つけ次第《しだい》捕《と》らえるように、と命令が出ている」

リリスが目を見開き、拳を握りしめた。権能を使おうとしているのだと察し、ルインは彼女を手で制す。

「待った。本当にその気なら、ここで馬鹿正直に言う必要もない。オレ達を誘い出して逃げられない場所まで連れてくればいい話だ」

「……そだね。ちょっと勇み足だった」

リリスが体の力を抜いて、目を伏《ふ》せる。

「ルインを捕らえるって聞いて、つい」

「……その気持ちは嬉《うれ》しいよ」

「別に。ルインが捕《つか》まったら面倒になるってだけだから」

わずかに赤くなった頬《ほお》を隠《かく》すようにして、リリスは顔を背《そむ》けた。

「ルイン君の言う通りだ。我々に彼を捕まえる気はない。それどころか……協力してほしいと思っている」

騎士の発言にルインは眉《まゆ》を顰《ひそ》める。

「協力、ですか？」

「君も知っているだろうが、この国は魔王セオドラによって乗っ取られた。我《わ》が王は臣民の安全を考え、セオドラに対して全面的に従うことを約束し、その代わりに王都内における謂《い》われなき暴力行為《こうい》を控えるように進言した。そのおかげで、今のところ我々を始めとする臣民は魔族達《まぞくたち》から理不尽《りふじん》な目に遭《あ》わずに済んでいる」

「なるほど。それで住民達は魔族を過剰《かじょう》に恐れていないと？」

だとしてもあの態度には腑《ふ》に落ちないものを感じるが——とルインは思いつつ、一旦そのことは置いておいた。

「ああ。だが、それはあくまでも表向きのこと。我が王はセオドラに従順な振りをしながら、どうにか王都を、このローレンシュタインを魔王の手から取り戻そうとしている。そんな時だ。ルイン君、君の話を聞いた。歴代の魔王すら使役《しえき》するハイレア・ジョブ【魔王使い】に選ばれた君のことをな」

「オレに、この国をセオドラから奪還《だっかん》する手助けをしてほしい、と？」

「そういうことだ。王は私達騎士《たちきし》の一部にのみ、そのことを伝え、君がもしこの街に来た際には自分の下へ連れて来るようにと伝えていたのだ」

「……そういうことですか」

「どうだろうか。我々に、王の下まで案内させてくれないか？」

「……。オレ達には他に仲間が居ます。彼女達を王都内に手引きしなければなりません」

「そちらは後ほど私の方で手配して連れてこよう。まずは君達を、特にルイン君を王に直接引き合わせたい。それでどうだ？」

すぐさま答えられるほど、簡単な質問ではなかった。

ルインはその場で逡巡《しゅんじゅん》する。

「私にはなんとも言えないな。ルインに任せるよ」

が、リリスにそう委ねられたところで、決断した。

「……分かりました。案内して下さい」

ルインの反応を息を呑《の》んで見守っていた様子の騎士達は、その言葉で揃って胸を撫《な》で下ろしたような表情を浮かべた。

「そうか！　ありがとう。なら、早速《さっそく》だがついてきてくれ」

言うが早く背を向けると、先頭の騎士は他の者達を連れて再び歩き始める。

「罠《わな》じゃないといいけど」

ぼそり、と隣《となり》で呟いたリリスに、ルインは騎士達の後ろにつきながら返した。

「オレもそれは疑ってる。ただ襲い掛かってくるなら迎《むか》え撃《う》つのは仕方ないけど、ああ言われた以上、下手に逆らって事を荒立《あらだ》てるのは得策じゃないと思ってさ」

「まあ、そだね。それにしても、思ってもみないことになったね」

リリスは天を仰《あお》ぎ、雲一つない青空に向かって囁く。

「サシャとアンゼリカ、迎えにきた騎士達をぶっ飛ばさないといいけど……」

た。

「……しまった。そっちの可能性はあるな」

が、ルインとしてはどうすることも出来ず——穏便《おんびん》に事が運ぶことを祈《いの》るばかりであった。

「おお……貴君が魔王使いルインか！」

少なくとも、百人以上は余裕《よゆう》で入ることが出来そうな広さをもつ部屋。

艶《あで》やかな石造りの床《ゆか》には入り口から金の刺繍が施《ほどこ》された赤絨毯《じゅうたん》が真《ま》っ直《す》ぐに敷《し》かれ、辿《たど》り着いた先には豪奢《ごうしゃ》な造りの椅子が置かれていた。

そこに座した壮年《そうねん》の男はルイン達が巨大《きょだい》な扉《とびら》を潜《くぐ》って姿を見せるなり、勢いよく立ち上がり、歓迎《かんげい》の意を示すように両手を広げる。

「待っておったぞ！　よくぞ我が下に参った！　余がローレンシュタインを治める王、バルダード＝エディン＝クイント＝ローレンシュタインである！」

「……お目にかかれて光栄に御座《ござ》います、王よ。魔王使いルイン＝シトリー、ご命令に従い罷《まか》り越しました」

ルインはバルダード王から一定の距離《きょり》を保った場所で立ち止まると、跪《ひざまず》き、頭を垂れた。

「私はリリス。よろしく」

が、リリスはいつもの調子で立ったまま、気安い態度で手を上げる。

「お、おい、リリス、相手は王様だぞ。もう少し礼儀《れいぎ》を払《はら》ってだな……」

「私も魔王なのに？」

言われてみればその通りだ。どうしたものかとルインが迷っていると、バルダード王は軽快に笑い飛ばした。

「良い、良い。此度《こたび》は余が願いを叶《かな》えてもらうべく召喚《しょうかん》した身。畏《かしこ》まった態度は無しにしよう。くるしゅうない、ルインよ。貴君も面を上げよ」

「は……はっ。もったいなきお言葉、感謝致《いた》します」

躊躇《ためら》いながらもルインがゆっくり顔を上げると、バルダード王は玉座に腰《こし》かけながら朗《ほが》らかな顔で言った。

「ふむ。もっといかつい男を想像しておったが、中々どうして、線の細く整った顔立ちをした青年ではないか。とてもではないが、何人もの魔王を従えているとは思えんな」

「……騎士の方からある程度の話は伺《うかが》いました。この国を魔王セオドラから取り戻す為、私に協力してほしいと」

ルインが早速、話を切り出すと、途端《とたん》にバルダード王は真剣《しんけん》な顔を作る。

「……その通りだ。貴君にわざわざ来てもらったのは他でもない。セオドラの力はあまりにも圧倒的《あっとうてき》であった。我が国にも少ないながら勇者と呼ばれる者達はいたが、総出でかかっても傷一つすらつけられぬまま全滅《ぜんめつ》させられる始末だ。最早《もはや》、あの者に対抗《たいこう》するには常識を超《こ》える力を持つ者を頼《たよ》る他はない」

「確かにルインの力は常識を超えてるね」

「そ、そうか？　まあ、サシャにもさんざん言われてるし、そうなのかもしれないなと最近は思ってるけど……」

リリスがバルダード王へ深く賛同するように何度も頷くのに、ルインは戸惑《とまど》いつつも告げた。

「最近ようやく気付いた辺りがもう既《すで》に常識外なんだけどね」

「はっはっは。いや出来る男とはそのようなものよ。必要以上に驕《おご》らずただ己《おの》がままで居るが故、いかに優《すぐ》れているか自覚せぬのだ」

「きょ、恐縮《きようしゆく》です」

バルダード王の過分な褒《ほ》め言葉に、ルインはなんだかむず痒《がゆ》くなりながら一礼した。

「どうだ、ルイン。我が願いを叶えてはもらえぬか。貴君が戦力に加わってくれれば、まさに我が国は無双《むそう》の強さを誇《ほこ》ることが出来るだろう。共に魔王セオドラを倒《たお》そうではないか」

「……そうですね……」

　ルインは呟きながら、胸中で思案した。

　ここで国王の協力を仰ぐことが出来るのは、自分にとっても好都合だ。元々、同盟を結びに来たのだから。よって、断る理由はないように思えた。

「……国王様。私は、ある国を創ろうと思っています」

「国？　貴君が？」

　バルダード王が訝《いぶか》しげな表情を作る。無理もない。およそ一介《いっかい》の冒険者《ぼうけんしゃ》に過ぎないルインが発言するような内容ではなかった。

「はい。それは――魔族と人間が共に暮らす国です」

「魔族と人間が⁉　どういうことだ⁉」

　バルダード王だけでなく周囲に控えていた騎士達の間にもどよめきが起こる。

「私自身もそうでしたが、人間は魔族について誤解しているのです。というのも――」

　ルインはサシャとの出会いから今に至るまでのことを、詳細《しょうさい》に語った。バルダード王は全てに対して興味深そうに耳を傾《かたむ》け、時折、驚愕《きょうがく》と感心がない交ぜになったような相槌《あいづち》を打つ。

「……ということで、私達は今、自分達に協力してくれる国を探しているのです」

ルインが話を締《し》めくくるとバルダード王は唸《うな》るような声をだし、玉座に深く座り直した。

「なんと……そのようなことがな……貴君には悪いがにわかには信じられぬ」

「無理もないことです。私も実際に目にするまでは教会の教えに対して一切《いっさい》疑いを持っていませんでしたから。しかし先程《さきほど》お話ししたような魔族は何人もいましたし、今、隣に居るリリスも最初こそ色々とありましたが、今では私の仲間として共に活動してくれています」

「なに。その娘《むすめ》も魔族だというのか？　人間と変わらぬ見た目をしておるが……」

「これは権能で隠しているだけ」

リリスが言うと同時に、彼女の額から長く尖《とが》った角が生えた。

その様子を見た騎士達がざわめき、場にはにわかに剣呑《けんのん》な雰囲気《ふんいき》が漂い始める。

「静かに。……そうか、ならばその娘、リリスといったか。先程の言葉は冗談《じょうだん》であると思っておったが、まことと、そやつが魔王であったというわけか。とてもそうは思えぬな。まるでそこらにいる町娘《まちむすめ》と変わらぬ……」

バルダード王も緊張《きんちょう》するようにして喉《のど》を鳴らしたが、さすが一国の主というべきか、未《いま》だ威厳《いげん》は保ち続けていた。

「オレには他に二人、魔王の仲間が居ます。その内の、サシャという魔王の城に今、人間と魔族が共に暮らしているという現状です。ですが、今のところは、という断りを入れることにはなりますが、なにか問題が起こったということはありません。そこで……どうでしょうか」

ルインはバルダード王の目を真っ直ぐに見つめ、真摯《しんし》な態度で交渉《こうしょう》に臨《のぞ》んだ。

「国王様さえ宜《よろ》しければ、オレ達と同盟を結んで下さいませんか。もし受け入れて下さるなら、オレもローレンシュタインと共に対セオドラの先頭に立って戦うことをお約束します」

耳に痛い程の静寂《せいじゃく》が、下りた。

バルダード王は口を噤《つぐ》み、騎士達は事の成り行きを見守るようにして、じっと自らの君主へと眼差《まなざ》しを送っている。

それから時間にして十分あまり、沈黙《ちんもく》の時は続いた。

だが──やがて。

「……あい分かった。魔王使いルイン。貴君の国とローレンシュタインが手を結ぶこと、前向きに考えよう」

「国王様。よろしいのですか⁉」

思わず、といったように騎士の一人が声を上げた。彼は慌《あわ》てて口を塞《ふさ》ぐが、バルダード王は特に咎《とが》めずに答える。

「無論、簡単ではない。我一人の裁量では決めかねることよ。だが、こちらの願いだけ聞き入れてもらってそちらはダメだというのでは道理が通らぬ。魔王使いと魔王という多大な戦力を得られるのであれば、臣下を説得する為の労力を払う価値は確かにある」

「本当ですか……⁉　ありがとうございます！」

ルインは驚《おどろ》きながらも、頭を下げる。無茶《むちゃ》なことを言っている自覚はあった為、これほどすんなり要求を呑んでもらえるとは思ってなかったのだ。

「うむ。だが、口だけではどうにもなるまい。まずは余や臣下達《たち》が実際に魔族達と交流を持つことから始めなければならないだろう。時間はかかるかもしれぬが良いか？」

「ええ、もちろんです。オレと同じで、知ってもらうことが重要だと考えておりますので」

「そうか……そうだな。ルインよ、今日は実にめでたき日だ。貴君という協力者を得ただけでなく、新しき知見を得られる機会に恵《めぐ》まれるとはな」

「私も、バルダード王のように理解ある方と巡《めぐ》り合うことが出来て僥倖《ぎょうこう》です」

世辞ではなく心から思っていたことを伝えると、バルダード王は親しみやすい笑《え》みを浮かべた。

「良かったね、ルイン。サシャ達にも早く報告しないと」

リリスの言葉にルインは昂揚《こうよう》するまま「ああ」と頷く。

「そうと決まれば色々とやらなきゃいけないことは多いな。ひとまずはキバ達のところまで行って――」

「困りますなぁ、国王。そのような勝手なことを決められては」

その瞬間。話を遮《さえぎ》るようにして謁見《えっけん》の間で無遠慮《ぶえんりょ》に響《ひび》いたその声に、ルインは鳥肌《とりはだ》が立った。

「き、貴様は……」

先程まで穏《おだ》やかであったバルダード王の顔から血の気が引いていく。

ルインが振り返ると、そこには、二人の男女が立っていた。

男の方は耳が尖り、露出《ろしゅつ》した肌《はだ》には蛇《へび》を思わせるような鱗《うろこ》が生えている。もう一人の女の背からは鴉《からす》にも似た翼《つばさ》が生え、その目は猛禽類《もうきんるい》の如《ごと》き鋭《するど》さを持っていた。

「魔族……!?」

ルインが身構えると、男の方は口を開き、先の割れた長い舌をちらつかせる。

「王は、どうやらこの国が魔王《まおう》セオドラ様の統治下にあるということをお忘れになっているようだ。これはさすがに見逃《みのが》せませんよ」

「報告することは当然として、ちょっとだけ『お仕置き』が必要かしらね？」

女が手に生える折り曲がった長い爪《つめ》を上げると、バルダード王の口から悲鳴が漏れた。

「な、なぜお前達がここに……⁉」

つけられたのか、と言わんばかりにバルダード王から睨《にら》みつけられ、お付きの騎士達は揃《そろ》って首を振る。

「我々を甘《あま》く見てもらっては困りますな。あなた達の動き如き、手に取るように分かります。妙《みょう》なことをやろうとしていると泳がせてみたら、なんとまあ。ふざけたことを考えなさる」

男は嘆《なげ》くように首を横に振り、次いで——残忍《ざんにん》な笑みを浮かべた。

「身《み》の程を分からせる必要が、あるようですね」

その言葉が合図であったように、隣に居た女が前に一歩踏《ふ》み込《こ》んだ。

「魔装覚醒《まそうかくせい》ッ！」

ルインはすかさずスキルを発動。眼前に、闇《やみ》深き色を宿した炎《ほのお》が燃《も》え盛《さか》った。

そこへ躊躇うことなく手を差し入れると、内部から黒き長剣《ちょうけん》——【破断《はだん》の刃《やいば》】を抜き取る。

得物の柄《つか》を握《にぎ》ると突《つ》っ込み、疾走《しっそう》する女の動きを止める。

鈍《にぶ》い音が鳴り響き、ルインの振り下ろした刃を女は自らの爪で受け止めた。

「国王様に手出しはさせない……！」

「あら恐い。でもね、魔王使い。あんたと正面から戦うほど──あたしも愚《おろ》かじゃないわ」

女の口元が裂《さ》けるように歪《ゆが》んだ瞬間。彼女の姿が掻《か》き消えた。

「なに……⁉」

支えを失くした長剣が石造りの床に突き刺《さ》さり、直後に背後で声がする。

「戦いというのはいかに相手の不利になる状況《じょうきょう》を作り出せるか、ということが肝要《かんよう》よ。たとえば、こんな風にね」

急いで振り返ったルインは、バルダード王のすぐ傍《そば》に立つ女を見る。

彼女は自身の短剣《たんけん》の如き鋭利《えいり》な爪を、国王の喉元《のどもと》に突きつけていた。

（いつの間に……単に動きが速いってわけじゃないぞ⁉）

魔族《まぞく》にしろ人間にしろ、なにかをする為《ため》には予備動作というものが必要になる。走る為には自然と体が前傾《ぜんけい》になるし、仮に空を飛ぶにしろ翼のはためきが必須だ。

だが今の女にはそれが全く無かった。まるで、自分の居る場所から任意の場所へと瞬間《しゅんかん》的《てき》に転移したかのようだ。そのせいでルインの目では全く捉《とら》えることが出来なかった。

「権能、だね。割と厄介《やっかい》かも」

リリスが見抜《みぬ》いたように言うと、正解だと答える代わりに女は笑みを深めた。

「便利よぉ。こうして簡単に隙をつけるんだもの。獣《けもの》の魔王様、だったかしら。当たり前だけど妙なことはしないでね？　あんたの主がせっかく見つけた協力者、ここで死なせたくないでしょ？」

女から忠告され、リリスは舌打ちする。

「もちろん、護衛の騎士達や魔王使いも同様ね。あたしとしてはまあ、こんな人間如きの喉、いつでも掻っ捌《さば》いて構わないんだけど。あんた達は困るわよね？」

「……くそ」

どうすべきかとルインが思案している内に、魔族の男が悠然《ゆうぜん》と謁見の間を横切ると、女の傍に立った。

「さて、セオドラ様に逆らう悪い魔王使いに魔王様。楽しい余興はここまで。あなた達には退場して頂きましょう」

彼は再び舐《な》めるような動きで赤く長い舌を見せると、両手を掲《かか》げて告げる。

「――眠《ねむ》れ、永遠にな」

男がその双眸《そうぼう》を、かっと見開く。

刹那《せつな》、ルインは目の前の世界がぐらつくのを感じた。

「……あ……!?」

立っている床が激しく揺《ゆ》れている、と思ったが、そうではない。

強烈《きょうれつ》なまでの眩暈《めまい》が襲《おそ》ってきているのだ。

とてもではないが立ってられず、ルインはその場に膝《ひざ》をついた。

「……これは……不味《まず》い、かも……」

リリスも同様に、顔をしかめたままでふらついている。

（意識を失わせる権能か……!?　ダメだ、このままじゃ……！）

気を抜けば倒れてしまいそうになる中で、それでも必死にルインは耐《た》える。

「無駄《むだ》ですよ。わたしの権能は見た者全てに無条件で効果をもたらします。いかにあなたが度を越して頑丈《がんじょう》であろうと関係ありません」

男が嘲弄《ちょうろう》するようにして言ってきた。

実際、彼の目を見た騎士達は次々と倒れていく。

リリスも、魔族である為かルインよりは効きが悪いようだが、それでもまともに動けそうにない。

「……くくく」

その時、不意に、誰かが低い笑いを漏《も》らした。

「ここまで上手《うま》くいくとは中々どうして。魔王使い殿《どの》が間抜《まぬ》けなのか、それとも余の演技があまりに巧《たく》みであったが故か？」

ルインは視線を移し――そこに、信じられないものを見る。

先程まで魔族によって人質《ひとじち》となり、怯《おび》え切っていたはずの男。

バルダード王が、楽しげに口元を歪ませていたのだ。

「……オレを、騙していたんですか」

ルインは、ともすれば手放してしまいそうな意識をそれでも必死に繋《つな》ぎ止《と》めながら問うた。するとバルダード王はこともなげに答える。

「いかにも。この国は既にセオドラ様のもの。なれば我やその臣民もまた、その意に従うことが道理である」

主の言葉を証明するように、いつの間にか立ち上がっていた周囲の騎士達が、一斉《いっせい》に武器を構えた。

「まんまと罠にはまったってわけ」

リリスが顔を顰めながら、悔《くや》しそうに告げる。

(しかし、妙だ……魔族が現れた時の国王は、とてもじゃないが嘘《うそ》をついているようには思えなかった)

ルインは様々な訓練を重ねる過程で、相手の表情や目の動きを子細に捉えることが出来るようになった。

　いくら演技が上手いとは言え、人は心とは反対の行動をとる時、ほんのわずかに顔の筋肉や視線に変化が生じる。

　だがバルダード王や他の騎士達には、全くそれがなかった。あくまでも自然体で驚いていたのだ。だからこそ、ルインは違和感《いわかん》を覚えなかったのだが――。

「魔王を三人も従えておいて、人質をとられたくらいで何も出来なくなるんだから、案外と魔王使いってのも大したことはないのねえ」

　ルインが考えている間に、女がバルダード王から離《はな》れ、ゆっくりと、しかし確実に近付いてきた。爪を甲高《かんだか》く鳴らしながら、嗜虐《しぎゃく》的な表情を浮《う》かべる。

「ルイン……」

　か細い声を出し、リリスがルインを見つめてきた。

　その瞳《ひとみ》の奥《おく》にはわずかな、しかし確かな不安が覗《のぞ》いている。

　普段《ふだん》ならば決して見せないであろう、彼女《かのじょ》の弱さが露呈《ろてい》していた。

「く……ぐ……」

　だからかもしれない。瞬間《しゅんかん》、ルインの中に闘志《とうし》が湧《わ》いた。

（このまま、敵の言いなりになって、たまるか……！）

いいようにやられて、良い訳がない。

そう心が決まれば、後は行動あるのみだった。

「――ッ、ああ！」

口の中に激しい痛みと鉄の味が広がる。

途端、先程まで闇に浸食《しんしょく》され始めていた意識がわずかに回復した。

「これは……あなた、まさか自分で舌を噛《か》んで……⁉」

予想外の行動だったのか男がにわかにたじろぐ様子を見せる。その瞬間、ルインは【破断の刃】を手に飛び出した。

女に向かって長剣を振《ふ》り払うと、彼女は焦《あせ》ったように後ろへと下がる。

「フン、だからってこの程度で……がっ⁉」

同時にその姿が掻き消えたが、ルインは反転し、再び刃を一閃《いっせん》させた。

真横に現れていた女の体が刻まれ、血飛沫《ちしぶき》を上げる。

「な……ぜ……」

止めに上段から長剣を振り下ろしてその身を切り裂くと、彼女は不可解な顔をしたまま、その場に倒れこんだ。

「……権能に、頼り過ぎだ。目の動きで、転移する場所が丸わかりだった」

既に事切れている相手にルインは言って、即座《そくざ》に【魔装《まそう》の破炎《はえん》】を呼び出すと、長剣を弓へと替えた。

弦《げん》を引き絞《しぼ》り、残る魔族の男へと狙《ねら》いを定める。

「そ、その状態で魔族を倒すとは……！」

動揺《どうよう》しながらも彼《かれ》は再び目を見開こうとするが、その前に矢を射《う》ち放った。

直撃《ちょくげき》し吹《ふ》き飛んだ相手は壁《かべ》に叩《たた》きつけられ、そのまま床に落ちると微動《びどう》だにしなくなる。

だが相変わらず、ルインの眩暈は続いていた。一度喰《く》らってしまえば、使い手が再起不能になってからも、しばらくは権能の効果が持続するのかもしれない。

「おのれ……！　やれ、やるのだ！」

バルダード王が苛立《いらだ》たしげに告げると、控《ひか》えていた騎士達がじりじりと近付いてきた。

だがルインが素早《すばや》く矢を連射すると、それは彼らの目の前で爆炎を上げ、視界を奪う。

「今だ、リリス、逃げるぞ……ッ！」

揺らぎ続ける世界の中、それでもルインは振り返ると、リリスの手をとって駆《か》け出した。

謁見の間を出て廊下《ろうか》をしばらく走り、やがて目にした適当な部屋へと入る。

客室なのか、大きな衣装棚《いしょうだな》と化粧台《けしょうだい》、それにベッドが置いてあった。

外の様子を窺ったが、足音らしきものは聞こえてこない。どうやら、敵は撒《ま》けたようだ。

「なんとか……なったね」

リリスは床に座《すわ》り込むと、深いため息をついた。

「ああ。でもこれも、一時的なものだ。いつ見つかるか分からない」

ルインは額を押《お》さえながら、明滅《めいめつ》する意識の中で告げる。

「だから、リリス。君だけ城の外に出て、サシャ達を連れてきてくれ」

「え……でも、ルインは」

「ごめん。オレはそろそろ、限界だ」

言っている間に、とても立っていられなくなり、ルインはその場に膝をついた。

「ルイン……ッ！」

リリスが無理やりであるように体を動かすとルインの体を支え、首を横に振る。

「ダメ。こんな状態のルインを置いていけない」

「……このままじゃ二人とも気を失ってしまう。そうなった方が不味い。権能の効果が弱い君が行くのが一番いいんだ」

「なら、私がルインを運んでいけばいい」

「無理だ。君だって一人で動くのが精いっぱいだろう。そんな状態で敵に見つかれば、どうなるか……」

「……だけど……」

理屈《りくつ》では納得しているが、それでも、受け入れられない。

そんなわずかな表情の変化を見せるリリスに、ルインは微笑《ほほえ》みかけた。

「大丈夫。なんとか逃げ延《の》びてみせるさ。それに……」

「それに？」

「オレは——リリスを、信じている。オレが危なくなった時、君はきっと助けに来てくれるってね」

確信をもって告げたルインに、リリスは、はっきりと目を見開く。

「だから……頼む。行ってくれ」

静寂が漂《ただよ》う。

リリスは真っ直ぐにルインの目を見返しながら、なにかを想《おも》うようにして、口をつぐんでいた。

だが、やがて、彼女は再び言葉を紡《つむ》ぐ。

「命令、しないんだね」

「……え？」

「やってほしいなら、私だけ行けって言えばいい。ルインは魔王使いで、私はその配下なんだから。なのに、どうして命令しないの？」

「それは……そんなの、決まってるだろ」

なぜわざわざ訊《き》いてくるのか分からない。そんな気持ちで、ルインは答えた。

「何度も言っているように、君は仲間だ。仲間に命令なんてするわけがないだろ？」

「…………」

リリスは、再び、何か深い意味があるとも思える沈黙を挟《はさ》んだ。

だが彼女はそれ以上なにも言わず、ただ頷《うなず》く。

「……分かった。ルインの言う通りにする」

やがてリリスは体に力を入れるとその場で立ち上がり、苦しそうにしながらもルインの傍を通り過ぎて、部屋の入り口へと向かった。

ルインが振り返るのに、扉の前に立った彼女は、ぼそりと呟《つぶや》く。

躊躇うように、しかし、それでも、何かを振り切るようにして。

「逃げ延びるって約束。破ったら、すごく怒《おこ》るから」

そうして扉を開けると、彼女は出て行った。

「……魔王に叱《しか》られたくは、ないな」

ルインは苦笑《くしよう》交じりに呟いて、膝に手をつき、強引《ごういん》に立つ。

そのまま、近くにあった衣装棚を両手で掴《つか》むと、力を込めて持ち上げた。扉の前まで移動して置くと、障壁《しょうへき》にする。

「これでしばらくは大丈夫……か!?」

が、その行動が止めになったらしい。少し歩いたところで、今までにない強烈な眩暈が起こり、ルインは倒れた。

「……くそ……いつまで続くんだ、これ……！」

這《は》い蹲《つくば》るようにして部屋の隅《すみ》までいくと、ベッドの隅に隠れる。

仰向《あおむ》けになると、視界が少しずつ、黒に浸食されていくのが分かった。

（ダメだ。耐えろ。サシャ達が来るまでは……！）

必死に己を鼓舞《こぶ》している中で、ルインの鼓膜《こまく》が何かを捉える。

叩くような、蹴《け》るような、そんな音だった。

（誰《だれ》だ。敵か……？）

ならば戦わなければ、とスキルを発動しようとした瞬間。

派手な音と共に、衣装棚ごと、扉がぶち破られた。

（……嘘だろ）

運んだ自分で言うのもなんだが、よほどの怪力《かいりき》でもなければ不可能な芸当だ。魔族ならともかく、普通《ふつう》の人間に出来ることではない。

警戒《けいかい》していると、外から入ってきた何者かが、ルインの傍に立った。

反射的に攻撃《こうげき》する構えをとるのに対して、相手は口を開く。

「もう、大丈夫《だいじょうぶ》ですよ」

その声が敵意など微塵《みじん》も感じられぬ、場違《ばち》がいなほど優《やさ》しい響きを持っていたせいだろう。

一瞬《いっしゅん》、気を緩《ゆる》めてしまったルインの意識はその時、ついに音を上げた。

急速に、深く暗い、闇へと落ちていく。

抗《あらが》う術は、もう、なかった。

第二章――獅子の如き姫君

The demon lord tamer's strongest domination

最初に感じたのは、匂《にお》いだ。

それも不快なものではない。どこか安らかで、心を静《しず》め、清らかにしてくれるような。

なんだろう、と思いながら、ルインは目を開けた。

薄暗《うすぐら》い、石造りの天井《てんじょう》が見える。

覚醒時特有の曖昧模糊《あいまいもこ》とした頭のまま、指先に力を込めた。しっかりと動くことに安心する。手だけでない。全身が普段通り、きちんと自分の支配下にあった。

（ここは……どこだ？）

体を起こすと、自分がベッドで寝《ね》ていたことに気付く。

周囲を確認《かくにん》すると天井と同じく石を積み上げて造られた狭《せま》い部屋であり、壁に燭台《しょくだい》が飾《かざ》られ仄《ほの》かに室内を照らしている他は、小さな机と椅子《いす》があるだけだった。

「……助かった、のか？」

よく分からないが、どうやらあの窮地《きゅうち》から脱《だつ》することは出来たようだ。

体の状態を確認すると、どこも傷ついてはいない。自分で噛んだ舌がひどく痛むだけだった。

ベッドから下りて、壁際に視線を送ると、そこには木製の扉があった。先程から香っている匂いは、どうやらその向こうから来るようだ。

一体どういうことなんだろうと状況を把握《はあく》しようとしていたところ、不意に、扉が鈍い音を立てて開いた。

咄嗟《とっさ》に身構えたルインだったが、姿を見せた意外な人物に、思わずきょとんとする。

見目麗《うるわ》しい女性だった。

金色の長い髪《かみ》を、首元の辺りで赤いリボンで結んでいる。

燭台のおぼろげな灯《あか》りの中、それでも穢《けが》れのない白い肌は、輝《かがや》くような滑《なめ》らかさをもっていた。

団栗《どんぐり》にも似た大きな目とすっと通った鼻筋、ほのかに桃色《ももいろ》に染まった唇《くちびる》。

身に纏《まと》っているのはドレスだが、動きやすさを重視するように各所が絞られていた。

(人間の女の子……?)

突如《とつじょ》として現れた見知らぬ存在を前にして固まるルインに対し、少女は目を細め、柔《やわ》らかな笑みを浮かべた。

「まあ、ようやく目を覚まされましたね。ほっとしました」

「え……はあ、あの、ええ、まあ」

なんと答えていいか分からずしどろもどろになっていると、少女は手にしていた物を差し出してきた。

「ハーブティーを淹《い》れました。宜しければお飲みになりませんか？」

「……ありがとうございます」

どうやら先程から感じていたのはハーブの香りであったようだ。流されるままにカップを受け取り、ルインは湯気の立つ中身を一口飲んだ。

「どうでしょう。わたくしの好みで配合したもので、お口に合えば良いのですが」

「え、はい、美味《おい》しいです」

別に嘘をついているわけではないが、依然《いぜん》として状況が掴めない為、どうにも曖昧《あいまい》な返答になってしまう。

「……あの、あなたは一体？」

ルインの質問に少女は「まあ」と口元に手を当てた。

「わたくしとしたことが。初対面同士は、まずは自己紹介《しょうかい》から始めなければなりませんものね。よくお父様からも言われたのです。お前は何かとうっかりしているところが多いと。

申し訳ありませんでした」

「い、いえ、とんでもない。ああ、ええと、オレはルインです」

どこかなにかがズレているような対応をする少女を前に、ルインは毒気を抜《ぬ》かれたような気分で自分の名を口にした。

「ええ、そちらは存じ上げております。お目にかかれて光栄に存じますわ、ルイン様。わたくしの名はオリヴィア」

少女は告げて、そのまま躊躇いなく跪いた。

ルインが呆気《あっけ》にとられていると、彼女は意志の強そうな目で見上げて、厳《おごそ》かに告げてくる。

「魔王使いルイン様。貴方《あなた》の来訪を、ずっと待ち望んでおりました」

「……オレを？　というか魔王使いだって知っているんですか？」

「はい。お父様がその生涯《しょうがい》を賭《と》して追い求めた存在です。わたくしもまた此度の邂逅《かいこう》を待ち望んでおりました」

「どういうこと、なんです？　お父様って……オレはさっきまで城の客室に居たはずなんですが」

「ええ。順を追って説明致しますので、どうぞそちらのベッドにお座りください。随分《ずいぶん》と

お元気になられたようですが、それでもルイン様にはまだ休養が必要です」

「……は、はあ」

言われるままにカップを持ったまま踵《きびす》を返し、ルインはベッドに腰かけた。

オリヴィア、と名乗った少女は近くにあった椅子を「よいしょっ」と持ち上げると、ルインの前に置いて、そこに座る。

丁度、正面から向き合う形となった後、彼女は再び口を開いた。

「まずは――そうですね。わたくしが何者なのかと、気になっておいででしょう」

「え、ええ、その通りです」

「では身分を明かしますね」

オリヴィアは、にこり、と中天の太陽が如き輝く笑顔《えがお》を見せる。

「わたくしの名は、正確に言うとオリヴィア＝エディン＝クイント＝バルダード＝ローレンシュタインと申します」

「……は？　え、エディン＝クイント＝バルダードって」

直近で耳にしたことがある。というか今日聞いたばかりだ。

「じゃ、じゃあ、まさか、あなたは――」

オリヴィアは頷いて、明るい笑顔のまま、とんでもないことを言い放った。

「はい。わたくしはオルダード王の娘。つまり、このローレンシュタイン王家の血を引く――第一王女です」

「は……えええええええええええええええええええええ!?」

ルインは跳《と》び上がると、そのままベッドを降りて、急ぎオリヴィアの前で跪《ひざまず》く。

「そ、そうとは知らず、失礼致《いた》しました！　ぶ、無礼をお許し下さい」

「ああ、ああ、そんな。やめてくださいまし、ルイン様。貴方様がそのようなことをなさる必要はありません」

「で、ですが、そう言われましても……」

身分が身分だ。王族を相手にこれまでのような気安い態度で接することは出来なかった。

（……とか言うとサシャ辺りが『わらわも王族なのじゃが？　というか王様なのじゃが？　知ってた？　だいぶ前に教えた気がするが？』とか責めてきそうだけど）

これはもう、生まれついて染《し》みついた感覚としか言いようがないが、魔族と人間の王族ではやはり、相対した時に抱《いだ》く気持ちに明確な差はある。

「大丈夫です、ルイン様。どうか先程と同じようにして下さいまし。そうしないとわたくしも話しにくいですもの」

「そ……そうですか。分かりました。では、失礼ながら」

ルインは恐《おそ》る恐る立ち上がると、再びベッドへと戻《もど》って、腰《こし》を下ろした。

「しかし、なぜ王女様がこのようなところに……いや、それより、まさか。オレを助けてくれたのは王女様ですか？」

「オリヴィア、と呼んで下さい。仰《おっしゃ》る通り、貴方様をお助けしたのはわたくしです」

「それは……ありがとうございました」

深々と頭を下げながらもルインの胸中には疑念が渦巻《うずま》いていた。

（王女がオレを救い出した？　じゃあ、まさか、あの時部屋に現れたのは彼女か？）

気を失う前のことを思い出しながらも、馬鹿な、とすぐに否定する。

目の前に居るのはどう見ても、荒事《あらごと》とは正反対に位置するような女性だ。

とてもではないが、塞いでいる衣装棚ごと扉《とびら》を打ち壊《こわ》すようなことが出来るとは思えなかった。

（いや、その前に、この国の王女であれば王のようにオレを……？）

警戒するルインの内心を見抜いたのだろう。オリヴィアは微笑みながら、

「ご安心を。わたくしにルイン様を害する気持ちがあるのであれば、わざわざこのような場所に連れてこなくともあの場で行っていたはずです。違《ちが》いますか？」

「……それは、そうですね。ですが、その、色々と分からないことが」

「ええ。お気持ちは理解出来ますので、一つ一つ説明していきます。ただ……ルイン様にとってはいささか突拍子《とっぴょうし》もない話に感じられるかもしれません」

「はあ。いえ、でも、突拍子もない話には慣れていますから。どうぞご心配なく」

幼馴染《おさななじみ》である勇者クレスにパーティを追い出されてからというもの、魔王使いになるわ魔王が仲間になるわ、魔族の真実を知るわで、普通ならば経験しないことが立て続けに起こっているのだ。

今更《いまさら》なにがあろうと、特に驚きはしない程度の度胸はついたつもりだった。

「まあ、さすが魔王使い様ともなると、普通の人間とは違う人生を送っておりますのね。であれば問題ないかもしれません。ルイン様、わたくしのお父様……バルダード王にはお会いになりましたよね？　そこでお父様は、ルイン様を罠《わな》にかけ、魔族と共にその命を奪《うば》おうとした。違いませんか？」

「え、ええ。そうですね」

あまりにハキハキと喋《しゃべ》られる為、ルインの方が戸惑《とまど》ってしまう。

（オレをあの場で殺さなかったということは、彼女はセオドラ側の人間ではないようだけど……）

それでも自らの父親が魔族と手を結んでいるというのに、この落ちつきようはなんだろうか。

が、ルインの疑念を他所に、オリヴィアは更《さら》に信じられないことを言ってきた。

「その王が——実は生きていない、と聞けば、どう思われますか？」

「……はい？」

確かに突拍子もない話だ。というより意味が分からない。

ルインの会ったバルダード王はどう見ても存命であった。あの年にしては壮健《そうけん》であったようにすら思える。

「いえ、王だけではありません。この国に住む者はもう、わたくし以外、その全てが死んでしまったのです」

「どういう……こと、ですか？」

未《いま》だ掴めぬ話の内容にルインが質問すると、オリヴィアは顔を伏《ふ》せた。先程《さきほど》までの笑みは消え去り、代わりに沈痛《ちんつう》な面持《おもも》ちをする。

「……少々長い話になりますが。二カ月ほど前のことです」

「二カ月前というと……確かローレンシュタインの王都が魔王セオドラに攻《せ》められた頃《ころ》ですね」

「ええ。世間的には我《わ》が父はセオドラに降伏《こうふく》し、全面的に国を明《あ》け渡《わた》したという形になっているはずです。ですが真実は違います。我が父は最後まで敵に抗い、そして……殺されました」

不意に、オリヴィアの目尻《めじり》に涙《なみだ》が浮かぶ。

それを指先で拭《ぬぐ》い、彼女は一旦《いったん》そこで辛そうに話を止めた。

だが間もなく再び口を開く。まるでそれが、己《おのれ》に課せられた定めであるというように。

「それだけでは、ありません。セオドラは王に連なる一族、配下、王都の臣民に至るまでその全ての命を奪ったのです。助かったのは、わたくしだけでした」

「なんですって……い、いや、でも、街の人も国王様も生きているように見えましたが」

あれが実は死んでいる、などと言われても、到底《とうてい》信じられることではない。

「はい。それがセオドラの……いえ、彼女の配下である【霊《れい》の魔王】の、もっとも忌《い》むべき行いです」

「【霊の魔王】？　じゃあ、セオドラは封印《ふういん》された魔王を復活させたんですか？」

「そのようです。まさかそのようなことが出来るとは、わたくしも思っておりませんでしたが」

ルインは思わず自らの膝を叩いた。ロディーヌに続き先を越《こ》されたようだ。セオドラは着実に己の戦力を増やしている。

「……それで、霊の魔王は何をしたんです？」

「死体を、蘇《よみがえ》らせたんです」

唐突《とうとつ》なオリヴィアの言葉は、ルインに多大な衝撃《しょうげき》を与《あた》えた。

「死体を……蘇らせた？　そういう権能《けんのう》を持っているということですか？」

身を乗り出したルインに対して、オリヴィアは静かに頷く。

「わたくしも詳《くわ》しいことは分かりません。ですが【霊の魔王】はお父様を……セオドラが命を奪った者達《たち》の全てを蘇らせ、意のままに操《あやつ》り始めたのです。恐ろしいことに、その姿は生前と何ら変わりはありませんでした」

「では、国王様だけでなく、お付きの騎士《きし》やオレが出会った街の人達も……？」

「そうです。既《すで》に……死んだ身です」

ありえない。ルインは愕然《がくぜん》となった。

だが――己の中でずっとわだかまっていたことに、その時、ようやく合点がいく。

「……そうか。ずっとおかしいとは思っていたんです」

魔族に見張られているというのに怯える様子もない住民達。

指摘《してき》されるまで料理が腐《くさ》っていたことに気付きもしなかった店主。

全て『死体を生きているように見せかけていたから』という見方をすれば、腑《ふ》に落ちる。

バルダード王がルインを騙《だま》していた時、嘘をついている様子がまるでなかったことにも、これで説明がついた。

誰かによって操られた人形のような状態になっていれば、そもそも心そのものが存在していないということだ。ならば、表情の変化などあるはずもない。

「でも、【霊の魔王《まおう》】……いえ、セオドラはどうしてそんな大掛《おおが》かりなことを？　まさかオレ達を誘《おび》き出す為に？」

「それもあると思います。魔王使いであるルイン様を自分の手中に引き入れ抹殺《まっさつ》する。そのようなことを考えていたのでしょう」

「それもある、ということは他にもなにか？」

「はい。セオドラは、わたくしのことを捜しているのです」

「オリヴィア様を？　確かにセオドラは残酷《ざんこく》な人物ですが、かと言って殺し損《そこ》ねた者を執拗《しつよう》に追うほどねちっこい性質でもないように思えますが」

「ええ。ですがセオドラにはどうしてもわたくしを捜し出さなければならない理由があるのです。お父様の命を奪った以上、魔王が求めるものがある場所を知っているのは、わたくし以外には存在しませんから」

そろそろ話の本題に入り始めたようだ。聞いている身のルインの体にも自然と力が入る。

「ルイン様。確かに貴方様がお会いした父は魔王の操る死体でした。ですが、言ったことまでは嘘ではありません。お父様は生前からずっと魔王使い様を探していたのです」

「理由もオレに言ったことと同じですか？　戦力に加わってほしいと」

「はい、その通りです。お父様は魔王セオドラが出現してからというもの、ずっと現状に危機感を覚えておられました。ルイン様は気付いておりませんか？　昔の文献《ぶんけん》等に見られる【勇者】達に比べると、今、そう呼ばれる者達の力は大きく劣《おと》っているということに」

「それは……そう、ですね」

正確に言えば自分で気づいたわけではなかった。ただ、サシャが以前『自分が戦った勇者に比べると今の奴《やつ》らは弱くなっている』と言っていたのを記憶《きおく》している。

「女神《めがみ》の力が減退しているからではないか、とオレの仲間は言っていましたが」

「わたくしのお父様も同じことを考えておいでした。わたくし達人間がもたらされる【ジョブ】や【スキル】の恩恵《おんけい》は、全て女神アルフラ様の御威光《ごいこう》によるものです。しかしいかにアルフラ様と言えど、その御力《おちから》は無限ではなかった。時と共に少しずつ減っていき、やがて今に至りそれが目に見える形で表れたのではないかと」

「オレも同じことを思っています」

【支海《しかい》の魔王】アンゼリカの封印が弱まっていたのも、オリヴィアの仮説を裏付けている。

「このままではいずれ、勇者だけでは魔王に対抗《たいこう》できなくなる――お父様はそのような不安を覚え、あらゆる文献を探《さぐ》り他の手段を模索《もさく》しました。そこで見つけられたのが、ルイン様、貴方様が選ばれた【魔王使い】というハイレア・ジョブなのです」

「では、魔王使いであるならばセオドラと対等に戦えると？」

「少なくともお父様はそうお考えでした。実際、文献に残された魔王使い様の力は本当に凄《すさ》まじく、勇者の称号《しょうごう》を持つ者達を遥《はる》かに凌《しの》ぐものでした」

ルイン自身、魔王使いが持つスキルがジョブの常識から大きく外れていることは実感している。ましてサシャの話によれば、かつて存在したという初代魔王使いは、全盛期《ぜんせいき》の彼女を追い詰《つ》めるほどの実力の持ち主であったという。

少し前、ロディーヌとの戦いにおいてサシャは、主であるルインをして寒気がするような権能を発揮した。しかしそれを以《もっ》て尚《なお》、完全ではないという。

そんなサシャとまともにやり合ったというだけで、かつての魔王使いの尋常《じんじょう》ならざる能力は推《お》して知るべしというものだ。

「お父様は魔王使い様についての研究を進め、もし史上二人目となる魔王使い様が現れた時、全力を以て支援《しえん》しようとしていたのです。そして、わたくしもまた第一王女としてそんなお父様の手助けをしておりました」

「……もしや、セオドラは魔王使いの情報を得る為《ため》にこの国を狙った、ということですか？」

魔王を使役《しえき》できるスキルを持つ魔王使い。いずれ己の前に立ちはだかるであろう厄介《やっかい》な敵を前に、なるべく色々な策を講じようとしたのかもしれない。

あるいは――以前に相対したセオドラはルインの成長を楽しみにしているというようなことを言い残して去った。

魔王使い、という存在そのものに対して改めて興味を抱いたという可能性もある。

「その通りです。しかし……お父様は最後まで口を割らず、業を煮《に》やしたセオドラによって殺されました。そうして彼女は一人一人、国王に関係する者達、わたくしの兄弟や臣下に迫《せま》り、何も知らないと見るや躊躇《ためら》いなく……」

最後まで言い切ることが出来ず、オリヴィアは唇を噛んだ。

「お辛《つら》いことを思い出させて申し訳ありません。しかし……ということは、セオドラは最後に残ったオリヴィア様を見つけようと城や街に死体を？」

悲壮《ひそう》な表情を浮かべ、オリヴィアは答える代わりに小さく頷く。

（……惨《むご》いことをする）

肉親や顔見知りが敵の操り人形《にんぎょう》となり、自分を捕《と》らえようと至るところを彷徨《さまよ》っているのだ。オリヴィアの心中は想像するに余りあった。

「オレ如《ごと》きが軽く言えることではないかもしれませんが……オリヴィア様のお辛い気持ち、お察し致します。ですが、よくオリヴィア様だけがセオドラの手から逃《のが》れることが出来ましたね」

「ああ……それは、わたくしが【ジョブ】を授《さず》かっているからです。そのスキルを使い、どうにかセオドラが差し向けた魔族《まぞく》の配下の目を掻《か》い潜《くぐ》り、何かあった時の為にとお父様が用意していたこの隠《かく》し部屋へと避難《ひなん》することが出来ました」

「え、では、オリヴィア様が戦って窮地を脱したと？」

「ええ、そうです。わたくしこう見えても、それなりに武術は嗜《たしな》んでおりますのよ」

高貴な振《ふ》る舞《ま》いをするその姿からは、とてもではないが想像できない。だが、そうでもなければオリヴィアだけが助かる理由がなかった。

「……ん？　では、オレが気を失う前に部屋に入ってきたのは、オリヴィア様ご自身、ということですか？」

ルインの問いに、オリヴィアは変わらぬ笑顔のままで頷く。

「そ、そうですか。てっきり、お付きの方がいたのかとばかり……改めまして、ありがとうございました」

恐縮《きようしゆく》して頭を下げたルインに、オリヴィアは「いえいえ」と手を振った。

「たまに食料を確保する為、敵に見つからないように部屋を出て城の倉庫へと行くのですが……その途中《とちゆう》【霊の魔王】がセオドラに魔王使いであるルイン様が街に侵入《しんにゆう》したという報告をしている場面に出くわしまして。ルイン様を罠にかけようとしていることを知り、何かあった時には助け出せるよう、密《ひそ》かに待機していたのです」

「それで、オレが謁見《えつけん》の間を出たのを見て？」

「ええ、こっそりと追いかけました。敵に見つからないように気を付けていた為に部屋に着くのが遅《おく》れ、もうお一人の方をお助けできなかったのが申し訳ないのですが……」

「い、いいえ。とんでもありません」

ルインは首を横に振りつつも、人は見かけによらない、という言葉の意味を噛み締《し》めていた。とてもではないが、清楚《せいそ》可憐然としたオリヴィアがとるような行動とは思えない。

「ルイン様。貴方様をお救い出来たのはきっと、女神アルフラ様のお導きです。わたくしは貴方様にお話ししなければならないことがあり、今日まで生き延びてきたようなものなのですから」

「オレに、ですか。魔王使いに関係することですよね」

「はい。――かつてアルフラ様がお創りになり、初代魔王使い様に渡した道具があります」

「道具……？　どのようなものでしょう」

「魔王使いの力を真に覚醒《かくせい》させることが出来るものであると、お父様が発見した文献にはそう記述されておりました。名を【女神の天啓《アルス・ギフト》】と申します」

真に覚醒。表現が曖昧で掴みにくいが、女神アルフラが創ったという程《ほど》だ。スキルを強化させるような効果があるのかもしれない。

（随分と前にクレスがセオドラの部下から受け取った腕輪《うでわ》を使って同じようなことをしていたけど……それより凄《すご》い物なんだろうな）

もし手に入れることが出来れば、セオドラと対峙《たいじ》する際、大きな助力となってくれるはずだった。

「お父様は方々手を尽《つ》くし、【女神の天啓】の場所を遂《つい》に特定しました。世界中の情報を集めたにもかかわらず、皮肉なことにそれは、王都郊外《こうがい》に位置する遺跡《いせき》にあるとのことです」

「遺跡、ですか」

「ええ。ですが中に入ることがお父様には敵《かな》わず……わたくしも同様でした。恐らくは特別な資格を持つ者、魔王使い様でなければ扉を開けられないのでしょう」

「なるほど。それで、その【女神の天啓】をオレに使ってほしいと？」

「ええ。ルイン様にこそ相応《ふさわ》しい物ですから。……わたくしと共に王都を脱し、その遺跡までご同行願えますでしょうか？」

両手を組み、縋《すが》るように言ってくるオリヴィア。

（……セオドラがローレンシュタインを攻めたのは、その道具の場所を見つける為だったのか）

だからこそ他に比べると規模が小さいこの国に狙《ねら》いをつけたのだろう。

（奴がそこまでこだわる物だとすれば、きっと手に入れる価値があるはずだ）

迷う理由が、ないように思えた。

「分かりました。オリヴィア様、オレをそこまで連れていって下さい」

深く頷いたルインにオリヴィアは目を輝かせると、椅子から勢いよく立ち上がった。

「まあ！　ありがとうございます！　ルイン様であればそう仰って頂けると思っておりました！」

そのままルインの手を握《にぎ》ると、ぶんぶんと上下に振《ふ》る。

王族とは思えぬあけすけな態度にルインは戸惑いつつも、

「こ、こちらこそオリヴィア様のご提案は大変ありがたく思います。オレとしてもセオドラに対抗出来る手が増えるのは助かりますから」

「ええ、ええ。その通りです。……ですが、あの、ただですね。【女神の天啓】には少々、気になる点がありまして」

「なんでしょう。副作用があるとか？」

「副作用、と言ってしまえばそうかもしれません。というのも――」

オリヴィアが複雑そうな顔で、続きを口にしようとした瞬間《しゅんかん》だった。

部屋の扉が激しい音を立て、打ち破られる。

「なに……⁉」

現れたのは十数人以上からなる武装した集団だった。装備から見るに、恐らくはこの城に勤める兵士や騎士だろう。

だがいずれも表情に生気というものは感じられず、淀《よど》んだ目でだらしなく開けた口からは涎《よだれ》を零《こぼ》していた。肌《はだ》もぞっとするほどに青白く、血が通っていないのは明らかだ。

「……わたくしとしたことが。十分に気を付けたつもりですが、ルイン様をお運びする際に姿を見られ、この場所を見破られたのかもしれません」

悔《くや》しそうに呟いて、オリヴィアはルインを守るように前へ出る。

「ルイン様、申し訳ありませんがお話は王都を脱出《だっしゅつ》してからで構いませんか？　恐らく彼《かれ》らだけでなく、城や街中から霊の魔王が操る死体がわたくし達を捕らえようと集まってきているはずです」

「承知しました。ですがオリヴィア様、どうかお下がりください。こういった場はオレの方がいくらか手慣れていますので」

ルインはオリヴィアの隣《となり》に立つと、スキルを発動した。

「――魔装覚醒《まそう》――！」

眼前に噴《ふ》き上がる漆黒《しっこく》の火【魔装《まそう》の破炎《はえん》】に手を差し入れ、【破断《はだん》の刃《やいば》】を取り出す。

「いいえルイン様。どうかお気遣《きづか》いなどなさらず」

オリヴィアはそう告げて微笑《ほほえ》みと共に、虚空《こくう》へ手をかざした。

「わたくしも――荒事には慣れておりますわ」

薄闇《うすやみ》に閃光《せんこう》が迸《ほとばし》る。

間もなくオリヴィアの手の中へと現れたのは、彼女《かのじょ》の身《み》の丈《たけ》以上はあろうかという巨大《きょだい》な斧《おの》だった。

彼女は得物の柄《つか》を掴むと、まるで棒切れでも扱《あつか》うように軽々とそれを回転させる。

「その武器は……まさかオリヴィア様、【獅子戦鬼《ししせんき》】のハイレア・ジョブを⁉」

肉弾戦《にくだんせん》に超特化《ちょうとっか》しており、【賢霊王《けんれいおう》】や【剣聖《けんせい》】のようにスキルによる特殊《とくしゅ》な攻撃があまりない代わり、尋常ならざる身体能力と鋼のような肉体が備わるジョブだ。

望んだ武器を望む大きさで顕現《けんげん》させ、自分の一部であるかのように操ることも出来る。

「ええ、その通り。元々動くことは好きでしたから。わたくしにはぴったりのジョブですわ！」

オリヴィアは何の苦労もなく巨大な斧を持ち上げ、そのまま肩《かた》に担《かつ》いだ。どこか喜々としているように見えるのは間違《まちが》いではあるまい。

（み、見た目と違って随分と活発なんだな……）

悪いことではないが、王族としては相当に珍《めずら》しいように思えた。

だが、それよりも――。

「ですがオリヴィア様、彼らはあなたの部下でしょう。亡《な》くなったとは言え、それと戦うというのは……」

いささかに酷《こく》なのでは、と言いかけたルインだったがしかし、オリヴィアは決然と答えた。

「確かに、こうしてわたくしに敵対しているのは、彼らの本意ではないかもしれません。ですが、それでも敵に従わざるを得ないというのであれば――躊躇うことこそ、弔《とむら》いにはならないでしょう」

前傾姿勢《ぜんけいしせい》をとると戦意をみなぎらせ、オリヴィアはかつての配下を前にして躊躇いなく、好戦的な笑《え》みさえ浮《う》かべてみせた。

「全力をもって相手をし、有無《うむ》を言わさず圧倒《あっとう》して退ける。それこそが真に彼らの鎮魂《ちんこん》となるはずです」

ルインへと力強い眼差《まなざ》しを送り、オリヴィアが声高らかに叫《さけ》ぶ。

「ですからどうぞルイン様もご遠慮《えんりょ》なさらずに。――本気でぶちかまして構いませんわ！」

己の言葉を証明するかのように、彼女は率先《そっせん》して動いた。

ルイン達に大人しく捕《つか》まる気がないと踏《ふ》んだ騎士達《きしたち》は、一斉《いっせい》に奇声《きせい》を上げて、剣《けん》や槍《やり》をもち押《お》し寄せてくる。

「どうか安らかに！　女神アルフラ様の下へと導かれますようッ！」

オリヴィアは祈《いの》りと共に床《ゆか》をしっかと踏みしめると、腰を大きく捻《ひね》り様――一切《いっさい》の躊躇いもなく斧を振り回した。

鋭《するど》い刃は相手数人を巻き込《こ》み、そのまま傍《そば》の壁《かべ》へと叩《たた》きつける。

「このまま一気に行きますわよ――ッ！」

オリヴィアは集団に突《つ》っ込むと、果敢《かかん》に得物を振り回し、暴れに暴れ始める。

瞬《また》く間《ま》に兵士たちは倒《たお》れていき、先程までぎっしりと人が詰め込まれていた空間にぽっかりと穴が空いた。

オリヴィアに向けて剣や槍が突き出されるが、その体には傷一つすらつかない。

【獅子戦鬼】のジョブが持つ能力のおかげだ。

しかし、だとしても、無数の刃物《はもの》が行き交《か》う渦中《かちゅう》に臆《おく》さず向かうというのは、並大抵《なみたいてい》の胆力《たんりょく》ではない。

「す……すごいな、この子……」

幾《いく》らか修羅場《しゅらば》を潜《くぐ》ってきたという自負のあるルインですら、思わず見惚《みと》れてしまう程だった。

(サシャ達やセレネといい、オレの周りには強い女性が多いな……)

何かの因果だろうかと思いつつも、いつまでもぼうっとしているわけにもいかず、ルインもまた戦闘《せんとう》を開始した。

「すみません。押し通ります！」

振り下ろされた刃を手に持つ得物で受け止めて弾《はじ》き、そのまま次々と目の前に立ちはだかる者達を撃《う》ち払《はら》っていった。

四方八方から武器を向けられるその全ての動きを見極《みきわ》め、さばき、返す刀で吹《ふ》き飛ばす。

「ルイン様、さすがです！　わたくしがお父様の目を盗《ぬす》み教えを受けていた騎士団長《きしだんちょう》も中々のものでしたが、貴方様はそれ以上の腕前《うでまえ》をお持ちのようですね！」

襲《おそ》い掛《か》かってきた全身鎧《よろい》の騎士達を頭上から落とした斧で床へと叩きつけながら、オリヴィアが目を輝かせる。

「いえ、オリヴィア様ほどでは。大分と、その、なんといいますか。恐れ入ります」

苦笑《くしよう》交じりに答えながらルインはオリヴィアと共に、そのまま隠し部屋を出た。

長い廊下《ろうか》が続いており、やはりというべきか兵士や騎士達が押し合いへし合いするようにして並んでいる。

「地上へ出るにはこの廊下を真《ま》っ直《す》ぐ進めばいいだけです！　ご案内します！　はああああああああああああああああ！」

気合を入れるような高らかな声と共にオリヴィアはそのまま直進し、向かってくる騎士達を片《かた》っ端《ぱし》から薙《な》ぎ倒していった。

（正直、オレは何もしなくて良いのでは……？）

ふとした疑念を抱きつつも、ルインはオリヴィアの猛攻《もうこう》からあぶれた者達を相手にしていく。

やがて階段が見え始め、敵を追い払いながら勢いよく駆《か》け上がるオリヴィアに続くと、彼女はその先にあった扉を蹴《け》破《やぶ》った。

「ルイン様をお助けした時にもしましたが、これ、思っている以上にすっきり致しますわ！」

「それは良かったですね……」

もはや今のオリヴィアに、出会ったばかりの頃に感じ取った雰囲気《ふんいき》はどこにもない。そこにあるのは実に頼《たよ》りがいのある背を見せる、まごうことなき一人の戦士の姿であった。

城内に出たルイン達だったが、出口へと続く廊下にはびっしりと騎士達が居た。

彼らは無言で武器を構えると、そのまま突撃《とつげき》してくる。

「いっ――けえええええええええええええええええええっ！」

だがオリヴィアはその場で旋転《せんてん》すると同時、持っていた斧を思い切り投擲《とうてき》した。

大気を打ち砕《くだ》きながら回転する刃は大量に居た騎士達を次々と打ちのめし、総崩《そうくず》れにしていく。

更に得物は奥《おく》の方まで行くと、そのまま意志を持つようにして方向を変え、持ち主であるオリヴィアの下まで戻ってきた。

「今ですわっ！　ルイン様！」

それを掴《つか》み取ると、オリヴィアは再び走り始める。

「は、はい。承知しました！」

返事をしながら続いたルインは、全速力のまま進み、やがては城の門が見えるところまできた。

「よし、あれを通れば街へと出られます……！」

オリヴィアが床を蹴《け》って更に速度を増した。

だがその直後。ルインはこめかみの辺りがひりつくのを感じる。

「オリヴィア様！　止まって下さい！」

「え――ッ？」

ルインの言葉にオリヴィアは反射的にその場で停止した。

瞬間、彼女の目の前に影《かげ》が降り立ち、鋭い金属音が鳴り響《ひび》く。

黒装束《くろしょうぞく》を着た男だった。口元を布で覆《おお》い隠しているが、その目は他の騎士達同様に死の色を宿している。

彼に続き同じような格好をした者達が次々と天井《てんじょう》から降りてきた。

「貴方達《あなたたち》は……お父様が雇《やと》っていた隠密《おんみつ》集団……？」

オリヴィアが斧を構えると、男達は放射状に広がり、それぞれが携《たずさ》えた短剣《たんけん》を向けて来る。

（なるほど。諜報《ちょうほう》の役目をもっていた人達か……）

王家が敵国や警戒《けいかい》すべき相手の情報を得る為、特殊な訓練を積んだ者達を抱《かか》えているというのはよくある話だ。

（先程の動きを見る限りでは戦闘面でも侮《あなど》れなさそうだ。さて――）

ルインが相手の出方を窺《うかが》っていると、オリヴィアが男達に声をかけた。

「貴方達。そこをどきなさい。どかないのなら、わたくしもやるべきことをやりますわ」

忠告は、当然だが届くことはない。

男達は短剣を持ったまま、じりじりとルイン達へと近付いてくる。

「くっ……ならば……ッ！」

オリヴィアは踏み込みと同時に跳躍《ちょうやく》し、集団の一人に向けて斧を振り落とした。

だが刃は虚《むな》しくも空を斬《き》り、そのまま石造りの床を破壊《はかい》する。

「このっ――ッ！」

尚もオリヴィアが攻撃《こうげき》を続けるものの、いずれも一度として相手には当たらなかった。

集団の全員が風のようにして素早《すばや》く軽《かろ》やかに動き、全てを避《さ》けている。

訓練を受けた肉体、ということにしても異常とも言える速度だった。

（高速移動系のスキルがあるジョブ持ちか……）

幾らか見当はつくものの確かめている暇《ひま》はない。

オリヴィアを翻弄《ほんろう》し続けた内の一人が隙《すき》をみて、短剣をもったまま彼女の背へと肉薄《にくはく》したからだ。

「させるか……ッ！」

ルインは素早く魔装を替えると、構えた弓に矢を番《つが》えて放った。

矢が直撃《ちょくげき》した瞬間、相手の体は爆発《ばくはつ》し、そのまま吹き飛ばされる。

驚《おどろ》くオリヴィアに対し、ルインは叫んだ。

「ここはオレに任せて下さい。彼らはあなたとは少々相性《あいしょう》が悪いようです」

騎士達のように正面から向かってくるような敵の場合【獅子戦鬼】の力は抜群《ばつぐん》の効果を発揮する。だが今のように早い動きを得意とする者は、そもそも攻撃が当たらない為にいささか分が悪かった。

「……承知しました。ルイン様、お願いします」

オリヴィアにも自覚はあったのだろう。反論はせず、その場から跳ぶと男達から距離《きょり》をとった。

代わりにルインは前に出て、弓を剣へと持ち替えると、男達を真っ向から見据《みす》える。

彼らは出方を見るようにしばらく待機していたが、やがては再びじりじりと動き始め——

——やがては一斉に飛びかかってきた。

目にも止まらぬとは正にこのことだ。瞬《まばた》きする間もなく、気付けばルインの前には男達が迫っていた。

加えて一部が背後へと回り、前後から攻撃を仕掛《しか》けてくる。

「ルイン様……ッ！」

オリヴィアが悲鳴のような声を上げた。

しかし、ルインは既に、全ての動きを終えている。

「――遅《おそ》い」

男達が刃で斬りつけるより前に、己の持つ剣を旋回《せんかい》させていた。

甲高《かんだか》い音が幾度《いくど》も鳴り響き、彼らの持つ武器の刃が軒並《のきな》み途中から折れて宙を舞う。

動揺《どうよう》するように自分の手元を見下ろす男達。その隙を見逃《みのが》すはずもない。ルインは次の手を打つべく、新たに呼び出した炎から得物を選択《せんたく》した。

全体が黒水晶で出来たような槍を持ち、超高速《ちょうこうそく》の突きを連続する。

矛先《ほこさき》は途中で空間へと溶《と》け、代わりに全く別の方向から姿を見せた。

男達それぞれの背後から突き出た切っ先が、容赦《ようしゃ》なくその体を貫《つらぬ》く。

くぐもった声を上げ、彼らは受け身をとることなく床へと転がった。

だが相手が死体であるというのならば、まだ動く可能性はある。

ルインは槍を消し、続けて別の武器を取り出した。

鎖《くさり》付きの鉄球――【獣王の鉄槌《てっつい》】を振り回すと男達を天井高くかち上げる。

「動け、【王命天鎖《おうめいてんさ》】ッ！」

無防備に宙を舞う全員の体に向けルインが命じると、得物が震《ふる》え、鎖が一瞬《いっしゅん》にして伸長《しんちょう》した。

それは意のままに回転すると、中心にいる男達の体を何重にも亘《わた》って巻き付けて集める。

ルインは彼らをそのまま、勢いよく床へと叩きつけた。

強烈《きょうれつ》な衝撃に打ちのめされて、男達全員が微動《びどう》だにしなくなる。

「すごい……すごいですわ、ルイン様！」

オリヴィアが拍手《はくしゅ》と共に走り寄ってくると、跳《は》ねるようにして飛びついてきた。柔《やわ》らかな胸の感触《かんしょく》が伝わってくると共に、つけている香水《こうすい》のせいか、あれだけ激しい戦闘を繰《く》り広げたにもかかわらず、ふわりと甘《あま》い匂《にお》いが鼻腔《びこう》をくすぐる。

「うわっ……と、オ、オリヴィア様⁉」

「さすが魔王使いと呼ばれるだけのことはあります！　わたくしなどよりよほど洗練された動きに、どういうものかは存じ上げませんが、咄嗟《とっさ》にスキルを使い分ける判断力！　にわか仕込《じこ》みのわたくしとは比べ物になりませんわ！」

「い、いや、オリヴィア様も相当なものだと思いますが……それより、早く移動しましょう。彼らが大人しくしているのも恐《おそ》らくはわずかな間です」

顔が赤くなっているであろうことを自覚しながら、ルインは先ほどまで自分達が通ってきた道を見た。

そこには、オリヴィアやルインが倒したはずの騎士達が立ち上がり、再びにじり寄ってきている。

元が死体だけに痛みもなく、『擬似的《ぎじてき》に生きている身』として仮に気を失ったとしても【霊の魔王】の操作によってすぐに復活するのだろう。

「まあ。ええ、その通りですね。急ぎましょう！」

オリヴィアは目を見開いた後、ルインから離《はな》れると、慌《あわ》てたように門へと向かった。

解放されたことにほっとしつつ、ルインもまた門を潜り城の外へと出る。

城と王都を繋《つな》ぐ橋を渡り切ると、そこには至って変わらぬ日常の風景が広がっていた。

人々が通りを行き交い、笑顔《えがお》のまま会話を交わし、店からは活気の良い声が飛び交っている。

（まるで城の中の出来事が夢だったみたいだな……）

ルインがそんなことを考えていると――不意に静寂《せいじゃく》が訪《おとず》れた。

目の前に居た人々がぴたりと足を止め、表情を消す。

同時に、まるで厳しい指導を受けた兵士団のような不気味に揃《そろ》った動きで、ルイン達の方を向いた。

「……え」

まさか、と思うのと共に、いやそれはそのはずだと思い直す。

オリヴィアの話によれば、彼らもまた――既に、死んでいるのだ。

「ルイン様……走りますわよ！」

オリヴィアが緊張《きんちょう》した声を上げるのを契機《けいき》に、何十人といる住民達がルイン達に向かって走り始めた。

仮面のように無表情のまま、一斉に手を伸《の》ばしてくる。

「しょ、承知しました！」

今まで目にしたものの中でも一、二を争う程の怖気《おじけ》を震う光景を前に、ルインはオリヴィアと一緒《いっしょ》に走り出した。

背後から荒《あら》い足音を鳴らし猛烈《もうれつ》な勢いで追跡《ついせき》してくる住民達に捕まるまいとして、全力で出口を目指す。

「……ああ！　そんな！」

だがしばらくして、オリヴィアは悲鳴と共に立ち止まった。

そこにはまだ幼い子ども達が、住民達と同じような顔をしたままで両手を広げ、待ち構えていた。

「……さすがにこれは……」

ルインとて手を出すことに躊躇《ちゅうちょ》する。同時にセオドラや、彼女の命によって動く【霊の魔王】にも怒《いか》りを覚えた。

（こんな小さな子達まで手にかけ、その上で奴隷《どれい》のように扱うなんて……！）

絶対に許してはならない。拳《こぶし》を、音が鳴るほどに強く握りしめた。

「不味《まず》いです……出口へ続く道はここ以外にもありますが、他でも同じような手を使われますと……」

オリヴィアが逡巡《しゅんじゅん》するように目を泳がせる。

強行突破《とっぱ》するべきか否《いな》か、決めかねているのだろう。

ルインとてそうだ。しかし迷っている間に、子ども達や背後に居る住民達が近付いてくる。

（……仕方ない。オリヴィア様にさせるくらいなら、オレがやる！）

ルインは覚悟《かくご》を固めると、【破断の刃】を手に構えた。

（なるべく子ども達を傷つけないように拘束《こうそく》する。となれば先程《さきほど》みたいに【獣王の鉄槌】

を使って——）

そう思い、行動に移そうとした、まさにその瞬間だった。

「待てルインッ！」

突如《とつじょ》として頭上から声が聞こえると共に、空から炎が降り注いだ。

それは子ども達の前とルイン達の背後に落ちると、激しい音を鳴らして地面を抉《えぐ》る。

「これは……！」

ルインが呼び出すものと同じ。現実には存在しないはずの闇深《やみふか》き焔《ほむら》だった。

子ども達は、炎の落下によって巻き起こった衝撃波《しょうげきは》で吹き飛ばされる。

「時間は稼《かせ》いだ！　今の内に逃《に》げるぞ！」

凛々《りり》しい声と共に近くにあった建物からルインの前に降り立った人物は、炎と同じ黒く艶《あで》やかな色をした長い髪《かみ》を、華麗《かれい》に手で払う。

「……サシャ！」

ルインが喜びの声を上げると、彼女——【死の魔王】サシャは胸を張り、高らかに声を上げた。

「やはりお主はわらわが居なければどうもならんようじゃのう！　フハハハハハハハ！」

「ああ！　助かったよ！」

ルインがサシャに駆け寄ると、一緒についてきたオリヴィアが小首を傾《かし》げる。

「ルイン様、このお方は一体？」

「む。なんじゃお主は。なにやら豪華《ごうか》な格好をしよってからに」

サシャもまた不審《ふしん》げな顔を向けるも、今は説明している時間が惜《お》しかった。

「とにかくまずは外に出よう。オレ達《たち》がここにいると向こうは何をしてくるか分からない！」

「……そうじゃな。なぜ街の住民がお主達を追っていたのか把握《はあく》できぬが、のんびり話している暇はないか」

「ああ。オリヴィア様もいいですね？　彼女はサシャ。オレの仲間です」

確認《かくにん》をとると、オリヴィアは頷《うなず》いた。

「良かった――ルイン、無事だった」

そこで別の声がした為に空を見上げると、翼《つばさ》を生やし浮遊《ふゆう》するリリスの姿があった。

「まったく。無駄《むだ》に心配させるんじゃないわよ」

次いで、サシャとは別の建物から降りてきたのはアンゼリカだ。

「三人とも……来てくれたのか。ありがとう」

「礼なんてどうでもいいのよ。とにかく王都を出るわ。こっちよ！」

少し頬《ほお》を赤くしながらぶっきらぼうにそう言うと、アンゼリカはルイン達を先導するようにして走り始めた。

ルインはオリヴィアと目を合わせ、頷き合い――。

サシャ達と共に、迫る大勢の住民達の手から逃れるべく、再び駆け出したのだった。


「……追手の姿はないようじゃな。ここまで来ればひとまずは大丈夫《だいじょうぶ》じゃろう」

背後の様子を確かめていたサシャが、安堵《あんど》したように息を漏《も》らす。

無事にローレンシュタインの王都から逃げ出したルイン達だったが、そこで休むわけにもいかず、街からかなり離れた森まで来てようやく足を止めた。

「ああ。どうなることかと思ったよ」

ルインはやれやれと思いながら、近くにあった大木へと背を預ける。

「リリスも無事で良かった。ほっとしたよ」

彼女なら大丈夫なはずだと自分に言い聞かせていたが、それでもやはり不安は消えなかった。こうして傷一つない姿を目にすることが出来て何よりだ。

「うん。権能の効果が弱かったし……どうにかね」

「リリスがふらふらになりながら現れた時は驚いたわ。いつまで待ってもルイン達が帰ってこないから、何かあったんじゃないかって滅茶苦茶《めちゃくちゃ》心配してたんだから。サシャが」

アンゼリカが最後につけたした言葉に、サシャは派手に吹き出した。

「うおい⁉　適当なことを言うでないわ‼」

サシャから叱《しか》りつけられたアンゼリカはしかし、意に介《かい》することなく肩を竦《すく》める。

「適当じゃないわよ。見るからにおろおろしていた癖《くせ》に。ルインは大丈夫じゃろうか、大丈夫じゃろうかって一分に一度は言っているし、何回注意しても落ち着かずに歩き回るし」

「わあああああああああああああ！　お主！　それは言うなとあれほど釘《くぎ》を刺《さ》したじゃろうが……あ」

顔を真っ赤にしてアンゼリカに食《く》って掛かっていたサシャだったが、そこで己《おのれ》の失態を悟《さと》ったように手で口を塞《ふさ》ぐ。

「あーあ。自分で暴露《ばくろ》しちゃった」

面白《おもしろ》がるように言うアンゼリカに対しもはや反撃《はんげき》する余力もないのか、サシャはその場で蹲《うずくま》ると頭を抱えて「ひゃあああああああ」と謎《なぞ》の叫び声を上げた。

「サシャ、心配してくれてありがとう。不安にさせてごめん」

ルインが笑みと共に頭を下げると、サシャはその状態のままで、

「き、き、気にするな！　お主はその、わらわと共に野望を叶える為の相棒じゃからな！

ただそれだけ！　それだけじゃぞ!?」

最後だけ強く言い切ると、なぜか涙目《なみだめ》になりながら睨《にら》み付けてきた。

「あ、ああ、うん、分かってるよ。じゃあ、リリスからオレのことを聞いて駆けつけてくれたのか」

「そうよ。ルインがとんでもないことになっているって、珍しく焦《あせ》った様子で言ってきたからね。感謝しなさいよ？」

アンゼリカがふんぞり返るのに、ルインは素直《すなお》に「ああ、感謝しているよ」と気持ちを伝え、次いでリリスの方を向いた。

「リリスも……自分だって辛い状態だったのに、ありがとう。助かったよ」

だがリリスは目を伏《ふ》せて無言を保ち続けている。

一瞬、怒《おこ》っているのだろうかと思ったルインだったが、

「……別に、そんなことはいい」

リリスは呟《つぶや》きと共に歩き始めると、傍まで来て、手を伸ばしてきた。

ルインの服の裾《すそ》を掴み、か細い声で、しかし確かに言う。

「無事で良かった。どうなることかと、思ったから」

その時、ルインは、気が付いた。

リリスの指先が微《かす》かに——本当にそうと判断がつきかねるほどわずかに、ではあるが。

確かに、震えていることに。

（そうか。オレと同じように、彼女も……）

リリスが今抱《いだ》いているであろう想《おも》いを感じ取り、ルインは彼女の手を握ると、心からの言葉を紡《つむ》いだ。

「心配させて、ごめん。オレが今ここにいるのは、君のおかげだ」

「……べ、別に。そこまでのことじゃないけど」

そこで我に返ったのか、リリスは急ぎ視線を逸《そ》らすと、頬を朱《しゅ》に染めた。

「ルインのことだから問題ないとは思ってたし。少し……少しだけ、気になってただけだから」

そのまま気まずそうに後ろを向いたリリスは、正面からアンゼリカを迎《むか》えることとなり——彼女がにやにやしているのを見て、反射的に声を上げる。

「わ、笑わないで……！」

「ああ、ごめん、ごめん。リリスの狼狽《ろうばい》っぷりもぜひルインに見せてあげたかったなと思っただけよ」

「嘘《うそ》つかないで。そんなことしてない」

「へー。ふーん。まあ、そういうことにしておいてあげる」

「アンゼリカ……！」

怒るようにに手を振りあげるリリスに、アンゼリカはわざとらしく恐《こわ》がるようにして、頭を庇《かば》う。

「というか大体じゃな。アンゼリカが泰然《たいぜん》とし過ぎておるのじゃ。お主とてルインとはそれなりに旅をしてきた関係じゃろうに」

サシャが責めるように指を差すと、リリスも「そうだよ」と頷く。

「ちょっと冷たいと思う」

「呆《あき》れたものね。あなた達こそあたしよりルインと一緒に行動してきて、どうかしているわよ。こいつがちょっとやそっとのことで危ない目に遭《あ》うわけないじゃない」

「そ、それはそうじゃが……」

「きっと、どれだけ死地に陥ろうとも馬鹿みたいに潜《くぐ》り抜《ぬ》けるわよ。あたしはそれを知ってるの。だからあなた達みたいに無駄にハラハラしたりしないわけ」

「……ふうん」

釈然《しゃくぜん》としない様子のサシャとは正反対に、リリスはアンゼリカを見ながら納得《なっとく》したように呟いた。

「なによ、リリス。なにか言いたいことでもあるわけ？」

「いや。アンゼリカはアンゼリカでルインのこと信用しているんだなって」

「は⁉　なんでそうなるわけ⁉」

「だって何があってもルインなら大丈夫だって確信しているわけでしょ。それって結構すごいことだと思うけど」

「……む。確かに。お主、随分《ずいぶん》とルインのことを評価しておるのじゃな」

アンゼリカの形勢不利を感じ取ったように、今度はサシャがにやつき始める。

「ば――ばっかじゃないの⁉　そんなわけないわよ！　単に今までのことを踏まえて客観的に言ってるだけよ！　客観的に！　だってこいつ本当に埒外《らちがい》じゃないの！」

「へえ。まあ、そういうことにしておいてあげようか、サシャ」

「うむ、そうじゃな。これ以上、アンゼリカを追い詰《つ》めるのも可哀想《かわいそう》じゃ」

「ちょ……ちょっと待ちなさいよ！　なに上から目線で物を言ってるわけ⁉　違《ちが》うって認めなさいよ！　ほら！　早く！　はーやーくーッ！」

赤面したまま地団駄《じだんだ》を踏むアンゼリカだったが、サシャとリリスは互《たが》いに目を合わせて「仕方ないなぁ」とばかりに首を振るだけだった。

「くっ……ちょっとルイン⁉　今のを聞いて調子に乗るんじゃないわよ⁉　あたしはあく

までも冷静にあなたという人間を見た結果を言っているだけで、評価しているとか信頼《しんらい》しているとかそういうことじゃないんだからね⁉」

「あ、ああ、うん、分かってるよ」

物凄《ものすご》い圧力のままアンゼリカに迫《せま》られて、ルインは何度も頷く。

「客観的にしろ冷静にしろルインを認めていることに変わりないと思うのじゃが……」

「しっ。それが自分の中で一番良い落としどころなんだから、そっとしておいてあげよう」

「そこの二人も！　こそこそ言わない！　全部聞こえてんのよっ‼」

アンゼリカが吼《ほ》えるように言うと、サシャとリリスは降参とばかりに両手を上げた。

「ったく、勘違《かんちが》いも甚《はなは》だしいわよ……ところでルイン！」

「は、はい⁉」

再び矛先が向いてきたと気をつけの姿勢をとったルインだったが、アンゼリカの視線は後ろの方へと送られていた。

「さっきから気になってたけど、そこの女、誰《だれ》よ」

「え？　あ……そ、そうだな。紹介《しょうかい》が遅《おく》れた。……オリヴィア様、宜《よろ》しいですか？」

ルインが振《ふ》り向いて声をかけると、サシャ達のやりとりを興味深そうに眺《なが》めていたオリヴィアが頷いた。

「ええ、もちろん。皆様方《みなさまがた》、初めまして。わたくしはオリヴィアと申します。ローレンシユタインを治める王の娘《むすめ》であり、第一王女という立場にありますわ」

「ダイイチオウジョ？　お主、王族だというのか？」

驚いたような顔をするサシャに対し、オリヴィアは首肯《しゆこう》する。

「ええ。ルイン様とはご縁《えん》があり、お会いしたところでして。申し訳ありません、一刻も早く向かいたいところがありますので、道すがらお話ししても大丈夫でしょうか？」

「それは構わぬが……」

サシャ達が窺うようにして見てくるので、自分も事情は承知しているとルインは頷いた。

「ま、そうね。王都から離れているといっても敵がまた現れるかもしれないし。どこに行くかは後々言ってくれるのよね？」

「ええ、もちろんです」

にこやかに言って、オリヴィアは案内するようにして歩き始めた。

それからしばらくの間、彼女はサシャ達に対して今までの経緯《けいい》を説明する。

森は鳥の声や葉擦れの音が聞こえているだけで、今のところルイン達以外の誰かが追ってきている気配はなかった。

「……ということで、皆様方と合流した次第《しだい》です。ご理解頂けましたでしょうか」

オリヴィアが話を締《し》めくくると、サシャが腕《うで》を組んで重々しく唸《うな》る。

「ふーむ。街の住民全てを殺し、その死体を操《あやつ》っているか。その【霊《れい》の魔王《まおう》】とやら、中々強力な権能をもっているようじゃな。ま、わらわほどではないが」

「そうね。戦う以外でも色々と使えそうだし、割と厄介《やっかい》かもしれないわ。あたしほどではないけど」

「うん。私も見たけど生きている姿と全く変わらなかったし。やるものだね。私ほどじゃないけど」

アンゼリカとリリスが続くのに、ルインは思わず突っ込んだ。

「なぜ三人とも自分と比べる必要があるんだ」

「重要だからじゃ」「大事でしょ」「そこは外せない」

だが全員から間髪《かんはつ》容れずにそう答えられ、なんだかよく分からないがそれなら仕方がないかと引っ込んだのだった。

「じゃ、今はその道具ってのがある遺跡《いせき》に向かっているわけね。了解《りょうかい》」

「ええ、ここからですと恐らく二日もあれば辿《たど》り着けるのではないかと……ところでルイン様。サシャ様にリリス様、それにアンゼリカ様でしたか。彼女達《かのじょたち》はもしや？」

アンゼリカに答えながら、オリヴィアがルインの方を向く。

「ああ……そうですね。薄々《うすうす》お察しのこととは思いますが、ご紹介します。【死の魔王】サシャ、【獣の魔王】リリス、【支海の魔王】アンゼリカ……彼女達は皆《みな》、オレと契約《けいやく》した魔王達です」

「まあ、やはり！　ルイン様がお連れになっておられるのですから、そうではないかと思っておりました。貴女《あなた》方が歴代の魔王様なのですね」

「む、それはそうじゃが……お主、なんとも思わんのか？」

意外そうにサシャから言われ、オリヴィアは「なにがでしょう？」と目を瞬かせた。

「いや、魔王ということはわらわ達は魔族《まぞく》なのじゃぞ。人間であるお主からすれば仇敵《きゅうてき》のはずじゃ。普通《ふつう》なら警戒したり恐がったりするものだと思うが」

「あら。恐がった方が良かったのでしょうか？」

「そういうことではないが……襲われる、とか、殺される、とか思わんのか」

「わたくし、襲われるのですか？」

「いや襲わんが」

「なら恐れる必要はないのでは？」

「……なんだ。正論ではあるがどうにも引っかかるものがあるぞ。わらわがおかしいのか？」

サシャから振られて、アンゼリカとリリスは同時に首を横に振った。

「ちょっと変よ、あなた」

「うん。ルインも相当だけどオリヴィアも変わってる」

「二人とも、失礼だぞ。相手は王女様だ」

あまりにもぶしつけな物言いを見兼《みか》ねてルインが注意すると、二人からほぼ同時に返される。

「あたしも魔王よ」

「私も魔王だけど」

そう来られると反論の余地はない。ルインはオリヴィアに対して頭を下げた。

「すみません。不愉快《ふゆかい》になられたのであれば二人に代わって謝《あやま》ります」

「いいえ。構いませんわ。確かに一般的《いっぱんてき》な視点で見て、わたくしは少し変ですもの。ただ……先程の話にもありましたが、わたくし、お父様と共に魔王使い様の研究をしておりましたから。その過程で、魔族についてアルフラ教会の教えとは異なる記述の書物を幾つか拝読しました」

恐らくは、ルインが以前に読んだ、魔族に対する疑念を抱くきっかけとなった本と同じようなものだろう。

庶民《しょみん》の自分ですら努力すれば見つけられたのだから、王族であるオリヴィアであればより多くのものに目を通すことが出来たはずだ。

「その上で、魔族にも様々な者がいると理解したのです。ですから悪戯《いたずら》に恐れるような真《ま》似《ね》は致《いた》しませんわ。実際、サシャ様達は皆、良い方々のようですもの」

「良い人……と言われるとなんじゃろう、なんかこう、素直に受け入れていいものか困るのじゃが」

「まあ、あなたが思うなら勝手だけどね……」

サシャとアンゼリカから微妙《びみょう》な顔をされたオリヴィアであったが、特に気にする様子もなく「それに」と続けた。

「まだそれほどお話ししたわけではありませんが、ルイン様は誠実なお方とお見受け致しました。そんな方が契約を結ばれたのであれば、サシャ様達もまた、危険なお方ではないのでしょう」

「ルインが正体を隠《かく》しているって思わないの？」

リリスの指摘《してき》にすら、オリヴィアは平然として答える。

「全く思いませんわ」

「どうして？」

「目を見れば分かります」

ルインを見つめ、オリヴィアはたおやかな笑《え》みを浮《う》かべた。

「ルイン様の目には一切《いっさい》の濁《にご》りがありません。そのような方が己の内を隠し、狡猾《こうかつ》に立ち回るなどということをするとは思いませんわ」

「……根拠《こんきょ》が全くないんだけど」

「ありませんわ。わたくしがそう思っただけですもの。それに……ルイン様は武術に関して優《すぐ》れてはおりますが、失礼ながら、少々不器用であるようにも思えます。わたくしを騙《だま》す為《ため》に善人の振りをするような真似は決して出来ませんわ」

「なるほど。一理ある」

「感覚的なこと言う割に的確な分析《ぶんせき》するわねこの子」

サシャとアンゼリカが感心したように言うのに、ルインは頬を掻《か》いた。

（褒《ほ》められているととっていいのだろうか……）

掘《ほ》り下げるとあまり良くないことになりそうな気もしたので、ひとまずはそういうことにしておいた。

そのままルイン達は森を抜け、平原の街道《かいどう》を通り、更《さら》に北上した。

時折、旅人や冒険者《ぼうけんしゃ》とすれ違うが彼《かれ》らが何かしてくるということもなく、平穏《へいおん》な時間は続いていく。

そのせいでローレンシュタインの王都を出た頃《ころ》にあった緊張は徐々《じょじょ》にほぐれ始め、辺りを警戒していたルイン達も、そろそろ夕刻というところまで来るといつもの調子に戻《もど》っていた。

会話をしないまま黙々《もくもく》と歩き続けていたが、談笑《だんしょう》をする余力も湧《わ》き始める。

「しかし……魔王使いの力を真に覚醒《かくせい》させる道具か。わらわが相対した魔王使いは確かに人間とは思えぬほどの能力を発揮していた。さもありなん、というところじゃが」

そんな折、サシャがかつてを思い出すように呟くと、オリヴィアが反応した。

「まあ。サシャ様は初代魔王使い様のことを御存《ごぞん》じなのですか？」

「ご存知《ぞんじ》もなにも。わらわは世界最古の魔王じゃからな。そやつとは正面からぶつかり合ったこともある」

「そうでしたか……その、初代魔王使い様はどのようなお方でしたか？」

「一言でいえばろくでもないの」

忌々《いまいま》しそうに、サシャは舌打ちする。

「自らの配下である魔王を奴隷のように扱《あつか》うばかりか、己が欲望のまま好き勝手に振る舞《ま》っておった。まるで世界が全て自分の物であるかのようにな」

「……そう、ですか」

そこでオリヴィアが力無く言って俯《うつむ》くのに、サシャは眉《まゆ》を顰《ひそ》めた。

「どうかしたか？　自分が研究していた対象が最低の人間だと知って沈《しず》んでおるのか」

「ああ、いえ、そうではなく……なんでもありませんわ」

「でもルインがその道具を使えば今まで以上に強くなるんだよね。想像できないな」

リリスが首を傾げると、アンゼリカは不満そうに口を尖《とが》らせる。

「まったくね。ちょっと卑怯《ひきょう》よ、あなた。今だって十分すぎるくらいに面倒《めんどう》なのに」

「卑怯って言われても……」

しかしルインとてどんなことになるか予想もつかない。スキルすら使えなかった昔に比べると、現状とて泣きたくなるほど有難《ありがた》い状況《じょうきょう》だというのに。

「なににせよ戦力が向上するのは良いことじゃ。その道具が手に入れば、セオドラだろうと【霊の魔王】だろうと物の数ではない。フハハハハハハハ――」

「……そう。だから困るんです」

いつものように高笑いをしていたサシャだったが――しかし、不意に聞こえてきた声に顔を強張《こわば》らせた。

いつの間にか、目の前に一人の少女が立っている。

紫《むらさき》の色の短い髪に、漆黒《しっこく》に染められたドレスを身に着けていた。その腰《こし》からは長く細い尻尾《しっぽ》が生え、空に揺《ゆ》れている。

露出《ろしゅつ》した部分の肌《はだ》は病的なほど青白く、体は骨と思うばかりに痩《や》せ細《ほそ》っていた。

伸ばされた前髪《まえがみ》が両目を隠しており、垣間見《かいまみ》える口元はどこか卑屈《ひくつ》に歪《ゆが》められている。

「魔王を従えるってだけでも大変なのに、これ以上強くなられるとワタシもセオドラ様も面倒になるじゃないですか……。それって、とっても困るんですよ……」

背を曲げるようにしてぼそぼそと喋《しゃべ》る様には、どこか生気のようなものを感じられず、ひどく薄気味《うすきみ》悪《わる》い印象を与《あた》えてくる。

「あなた誰よ。もっとハキハキ話しなさいよ！」

が、苛立《いらだ》つようにしてアンゼリカが叱咤《しった》すると、少女は「ひぃ！」と体を竦ませた。

「そ、そういう風にして大声を出して怯《おび》えさせるのはいけないと思います……。対話というのは……もう少し相手のことを思いやってするというのが礼儀《れいぎ》というもので……」

「聞こえないっつってんのよ！　後誰だっていう質問にもさっさと答えなさいよ！」

「ひぃいいいいいいいいいい！」

「アンゼリカ、やめろよ。いじめているみたいに見えるから」

ルインが止めると、アンゼリカは鼻息荒くそっぽを向いた。

「君――何者だ？　魔族、だよな」

「フ……フフフフ……逆に魔族以外の何に見えるかって話になってくるんですけど……これで人間とかだったら面白くないですかって……フフ、フフフフ……」

少女は突然《とつぜん》に俯くと、笑い始める。どうにも掴《つか》みにくい相手だった。

「いいからとっとと正体を明かせ。先程の言動からするにセオドラ側の者じゃろうが。これ以上無駄な会話をしようというのなら、返事代わりに燃やしてしまうぞ」

サシャが指先を上げると、勢いよく漆黒の炎《ほのお》が噴《ふ》き上がる。

「……ルイン様」

が、そこでオリヴィアが声を上げた為、ルイン達は彼女《かのじょ》の方を見た。

「その、女です……」

いつもは朗《ほが》らかな表情ばかりを浮かべるその顔には、今やはっきりとした恐怖《きょうふ》が刻まれている。

「その女が――」

オリヴィアは震える手を上げると、少女を真《ま》っ直《す》ぐに指差した。

「その女が、わたくしの見た【霊の魔王】です……！」

刹那《せつな》、ルインはスキルを発動した。燃《も》え盛《さか》る炎から剣《けん》を取り出し構える。

同時にサシャが全身から黒焔を迸《ほとばし》らせ、リリスが両腕《りょううで》をドラゴンのそれへと変えると、アンゼリカが流水を呼び出して周囲に舞わせた。

「フ……フフフ……クフフフフ……」

くぐもった不気味な笑いを奏《かな》でながら、少女はその場でドレスの裾を摘《つ》まんで一礼した。

「仰《おっしゃ》る通り。今、そこの王女様がご指摘したように……ワタシが【霊の魔王】です。ドロシーと申しますので、以後、お見知りおきを……」

「わらわ達の居場所をどうやって知った⁉」

サシャが問い質《ただ》すのに、ドロシーは指を振る。

「そ、そんなこと、造作もありません。あなた達が逃げた後、沢山《たくさん》の死体をあちこちに派遣して、居場所を特定しました……。ワタシは操作する死体と、し、視界を共有することが出来るので……」

思わずルインは周囲を見回した。しかし、どこにもドロシーが操るという死体の姿は見えない。

「フ、フフ。む、無駄ですよ。普段《ふだん》は、土の下に隠れていますから。申し訳ありませんが、あなたに道具を手に入れさせるわけにはいきません……」

「……ドロシー、だったか。君はどうしてセオドラの傍《そば》にいるんだ」

「どうして、とは……？」

ルインの問いかけに、ドロシーは糸が切れた人形のような動きで首を傾げる。

「セオドラはこの世を自分の物にしようとしている。つまり、全てを支配した後は魔王である君だって邪魔者《じゃまもの》になるということなんだ。今は良くても将来、どうなるか分からない。それでも傍にいるような理由があるっていうのか？」

「……いえ……別にないですね……」

「だったら、オレの力になってくれないか。信じられないとは思うけど、オレは魔族と人間が共に暮らせる国を造ろうと思っている。そこでは互いに争うことなく平和に生きることが出来るんだ」

「ルイン様、そのようなことをお考えだったのですね……」

オリヴィアが衝撃《しょうげき》を受けたような声で言った。

「ええ、オリヴィア様には後ほどお話ししようと思っていたことで……黙《だま》っていてすみません」

「いいえ。ですが、とても壮大《そうだい》な計画ですね。さすがですわ」

「オリヴィア、お主からすれば自分の血族や父親を傀儡《かいらい》のようにして操っていた者を仲間にするというのは、受け入れ難《にく》いことかもしれぬが……」

　サシャが言い終わるより前に、オリヴィアは首を横に振る。

「確かに抵抗《ていこう》がないと言えば嘘になります。ですがわたくしも魔族についての真実を知った身の上。ルイン様が仰るような国が出来ればどんなに素晴《すば》らしいことかと思います。それを実現する為であれば……呑《の》み込《こ》みましょう」

「……ありがとうございます、オリヴィア様」

　自らの感情を置いて、大事だと思うことを優先する。絵空事ならともかく、現実として中々に実行できることではない。

　大きな器が垣間見えるような決断に、ルインはオリヴィアに対して深い敬意を抱いた。

「ドロシー、セオドラは恐らく、君のことを……いや、自分以外の存在を己の道具のようにしか考えていない。それは奴《やつ》の今までの行動を見れば明らかだ。頼《たの》む、仲間になってくれ」

　ルインは深々と頭を下げる。たとえ自分が命を狙《ねら》われた相手だとしても、敵対することを避《さ》けられるのであればそれに越《こ》したことはない、という想いを込めて。

　そんな自分に対して、やがて、ドロシーは答えた。

「……どうしてですか?」

「え……?」

顔を上げると、ドロシーは髪と髪の間から、わずかに目を覗《のぞ》かせる。

その瞳《ひとみ》には、心底から不思議がるような色が宿っていた。

「どうして、ワタシがセオドラ様の下を離《はな》れて、あなたのところに行かなければならないんですか……？」

「あなた、ルインの話聞いてた？　セオドラはあなたのことを利用しようとしてるって言ってるのよ。仲間だなんて思ってないの。そんな奴のところに居ていいの？　なんか全体的に陰気《いんき》だし姿勢は悪いしずっとぼそぼそ喋っててイラッとするしどう見ても友達になれそうにない感じの性格だけど、それでもあなた、魔王なんでしょ？　同じ魔王にいいように扱われて、悔《くや》しいと思わないわけ？」

アンゼリカが理解できないというように言うと、ドロシーは下を向いたまま指先同士を突《つ》き合わせた。

「初対面でそこまで怒濤《どとう》の如く悪口を言わなくても……ともかく、お二人の言っていることが分かりませんね……。セオドラ様はワタシのご主人様です。奴隷がご主人様の命令に従うのは当然のことでしょう……？」

「……それ、本気で言ってるの？」

リリスがわずかに眉間《みけん》に皺《しわ》を寄せる。ルインとて、驚《おどろ》きを禁じ得なかった。

魔王とは魔族の頂点に座する者。故にその矜持《きょうじ》は、総じて高い。

実際、リリスもそうだがサシャもアンゼリカも、ルインのスキルによってテイムされることに対し、大きな屈辱《くつじょく》を味わっていた。

少し話した限りドロシーは三人とは違う性格のようだが――それでも魔王と呼ばれた時代があったことは確かだ。

にもかかわらずこれほどまでにあっさりと隷属《れいぞく》を認め、受け入れているというのは、ありえることだろうか。

「ワ、ワタシからすれば、皆さんの方がおかしいですよ……セオドラ様は全ての魔王を従える存在です……。だから服従を誓《ちか》うのは当然のことです……」

「お主……まさか、セオドラに洗脳されておるのか？」

サシャの問いかけに、ルインは、なるほど、と胸中で納得した。

（セオドラの権能による影響《えいきょう》か……？　彼女がその気になれば、封印《ふういん》から解放した魔王を強制的に従属させることが出来るのか）

だとすれば、以前――傷ついた【剣永《けんえい》の魔王】ロディーヌを連れ去った理由にも合点《がてん》がいく。彼女もまたドロシーと同じくして、意のままに操ろうとしているのだろう。

（サシャ達を放置していったのは、テイムされた魔王には自分の力が通じないから、とい

うことか)

だとすれば相当に厄介だ。ルインがテイムしなければ、残る魔王は全てセオドラの手中に落ちるということになる。

「洗脳、ですか。意味が分かりませんね……ワタシは自らの意思でセオドラ様の下、働いているのですから……」

「そう思わされておるだけじゃ。目を覚ませドロシー！　たとえ主を迎えることになったとして、魔王と呼ばれる資格を持つ者、その相手は自らの目で見定めよ！」

サシャから怒号を飛ばされて、ドロシーは沈黙《ちんもく》した。

同じ魔王であるサシャの言葉が届いたのか、とルインは見守っていたが――。

「……うるさいです」

「なに……？」

「さっきからうるさいですよ……どうでもいいことをつらつらと……。ワタシは、あなた達とお喋りをしに来たんじゃありません……」

ドロシーは不愉快そうに零《こぼ》すと、両手を左右に広げ、

「ワタシは、あなた達を――」

裂《さ》けるようにして口元を歪めたまま、消え入るような声で告げた。

「──あなた達を、殺しに来たんです」

世界が、震動《しんどう》する。

ドロシーの周囲にある地面が激しく揺れ始めると、急速に盛り上がり、瞬《またた》く間《ま》に巨大《きょだい》な山を築いた。

間もなく崩《くず》れていく土の中から現れたのは、巨大な生物。

被膜《ひまく》のついた翼を天を覆《おお》うようにして広げて浮かぶドラゴンと、螺旋状《らせんじょう》に尖った嘴《くちばし》を持ち三つの眼を持つ鳥だった。

「【ストーム・ドラゴン】に【クレイブ・バード】……!?」

なぜこんなところに、とルインは目を見開く。どちらも以前、ルインがギルドの依頼《いらい》を受けて倒《たお》した魔物《まもの》である。

呼び出されたのはその二匹《ひき》だけではなかった。

次々と地面から生み出されるのは、大小様々な異形の姿。

全てはルインが今まで討伐《とうばつ》してきた魔物達《たち》だった。

「ワタシの権能【終劇冥絵《エンドレス・エンドロー》】は『対象の目にしたことがある死体』を呼び出し、召喚《しょうかん》することも出来る……壮観《そうかん》でしょう？　ルインさん……」

数十匹という魔物に囲まれながら、【霊の魔王】ドロシーは事態を面白がるようにして告げてくる。

「これは今まであなたが奪《うば》ってきた命による——復讐《ふくしゅう》です」

ドロシーの指示により、魔物達は一斉《いっせい》に行動を開始した。

雄叫《おたけ》びを上げ、牙《きば》を剥《む》き、翼をはためかせ、尾《お》を逆立て、真っ直ぐに向かってくる。

「フン……確かに面白い趣向《しゅこう》じゃ。だが、今のわらわ達にそのような相手が通じると思うな！」

サシャは怒涛の如く迫る魔物達の軍勢に対し、少しも引かずに手をかざした。

彼女の権能【絶望破壊《グラン・デイスティア》】によって生み出された破壊の化身《けしん》たる炎が、踊《おど》るようにして虚《こ》空《くう》を走り、魔物十数匹をまとめて飲み込んで爆発《ばくはつ》する。

「たかが魔物で魔王を止められるとでも？　甘《あま》く見てるんじゃないわよ！」

アンゼリカが呼び出した槍《やり》を突きつけると、水流は渦《うず》を巻きながら魔物達を襲撃《しゅうげき》した。

強烈《きょうれつ》な勢いに押《お》し流《なが》され天高く噴き上げられると、すぐさま多大な圧力によって地面に叩《たた》きつけられる。

「ルイン。ドラゴンの方は任せた。私は鳥をやる」

リリスが言って両腕を交差すると、彼女の背から翼《つばさ》が生えた。

突風《とっぷう》を纏《まと》いながら空へと舞い上がった彼女は、回転しながら攻撃《こうげき》してくる魔物に突っ込んでいく。

正面からぶつかり合う寸前、巨木《きょぼく》のように変化したドラゴンの拳《こぶし》を上段から相手に叩きつけた。

「……了解！」

「ルイン様！　わたくしも共に戦わせて下さい！」

ルインがストーム・ドラゴンへと向かうと、オリヴィアが微笑《ほほえ》みと共に隣《となり》に並び、スキルによって生み出した巨大な斧《おの》を掴みとった。

「分かりました。奴は脅威的《きょういてき》な速度を持つ魔物です。オレが動きを止めますから、止めを刺して下さい」

「承知しましたわっ！」

頼《たよ》りがいのある返事を寄越《よこ》すと、オリヴィアは斧を掲《かか》げて相手に挑《いど》みかかる。

（奴がオレの記《き》憶《おく》を読み取って蘇《よみがえ》った相手なら……）

逆を言えば、その動きは戦わずとも把《は》握《あく》できているということだ。

「魔《ま》装《そう》覚醒！」

ルインはスキルの名を叫《さけ》ぶと、生じた炎の中から漆黒の色を宿した【爆壊《ばっかい》の弓】を取り出した。

弦《げん》を引き絞《しぼ》り、生まれた矢をストーム・ドラゴンへと解き放つ。

虚空を貫《つらぬ》く矢は狙いを定めた相手へとわずかなブレもなく届いた。

だが、ストーム・ドラゴンは当たる寸前に体を翻《ひるがえ》すと華麗《かれい》に攻撃を避けてしまう。

「ルイン様……!?」

目論見《もくろみ》が外れたか、とばかりに振り返るオリヴィアだが、ルインは既《すで》に次の矢を用意している。

「オリヴィア様、どうかそのままで。必ずあなたに勝機をお届けします」

揺らぎない口調で紡いだ言葉に、オリヴィアは瞠目《どうもく》し、続いて深く頷《うなず》いた。彼女はそのまま足を止めることなく、ストーム・ドラゴン目掛《めが》けて疾走《しっそう》する。

ルインは二射目、三射目、四射目と立て続けに撃ち放《はな》った。

ストーム・ドラゴンはそれらをいとも容易《たやす》くかわしていく――。

ように見えた次の瞬間《しゅんかん》、真正面から矢の直撃《ちょくげき》を喰らった。

爆撃《ばくげき》を受けて絶叫《ぜっきょう》を上げ、巨体《きょたい》が地へと落ちていく。

急ぎ翼をはためかせることで体勢を保ち、再び空へと舞い上がったが、そこでまたも爆発を受けた。

そのまま三撃、四撃、五撃、六撃と次々とルインの撃《う》った矢に翻弄《ほんろう》されていく。

「これは……もしやストーム・ドラゴンの軌道《きどう》を予測して……!?」

事態を察したオリヴィアが驚愕《きょうがく》の声を上げた。

ストーム・ドラゴンは怒《いか》りの咆哮《ほうこう》を天へ響《ひび》かせると、旋回《せんかい》し、ルインに狙いをつけた。

先程《さきほど》から鬱陶《うっとう》しいことをしているのはお前か――とばかりに突っ込んでくる。

だがルインに対する敵意に囚《とら》われ、周囲がまるで見えていなかった。

「今です、オリヴィア様！　全力の一撃《いちげき》を！」

ルインの指示に、オリヴィアは地割れが起こるほどの脚力《きゃくりょく》で大地を踏《ふ》みつけた。

そのまま、高々と跳躍《ちょうやく》する。

彼女の姿を、冷静さを失くしたストーム・ドラゴンは捉《とら》えていない。

「ごめんなさい！　いきまあああああああああああすっ！」

オリヴィアは巨大な斧を振り被《かぶ》って――その刃《やいば》を、ストーム・ドラゴンの首へと叩きつけた。

腹に響くような異音が鳴り響き、衝撃波《しょうげきは》が周囲を嘗《な》める。

ストーム・ドラゴンの頭が胴体《どうたい》と離れ、鋭利《えいり》な刃によって一気に切断された面を覗かせながら、そのまま地面へと転がった。

主を失ったもう片方もまた抵抗する術を持たず、無造作に落下する。

地響《じひび》きと共に倒れ伏《ふ》すストーム・ドラゴンを前に、オリヴィアは着地し、誇《ほこ》らしげに腰に両手を当てた。

「……人間がドラゴンを一撃で仕留めるとは。お主、何者じゃ？」

他の魔物を駆逐《くちく》していたサシャが、呆気《あっけ》にとられたような顔でオリヴィアを見る。

「少々ジョブを嗜《たしな》んでいるだけですわ」

優雅《ゆうが》に一礼するオリヴィアに、サシャと同じく敵の集団を退けたアンゼリカが口元を引きつらせた。

「そんな、踊りを少々みたいに言われてもね……」

「ただ者でないことだけは分かった」

クレイブ・バードを吐《は》いた炎で焼き尽《つ》くしたリリスが、地面に降りながら呟《つぶや》く。

「お見事でした、オリヴィア様」

ルインが手を叩くとオリヴィアは照れくさそうに頬《ほお》を染める。

「とんでもありません。ルイン様が道を作って下さった結果ですわ」

「ふん。どうじゃ、【霊の魔王】。一度倒《たお》した相手がどれだけかかろうとわらわ達には敵《かな》わぬということを理解したであろう」

勝ち誇ったように胸を張るサシャを、ドロシーは無言で見つめ返した。

「ええ……さすがですね。セオドラ様に対抗《たいこう》しようというヒト達ですから、それなりに強いとは思っていましたが……予想以上でした」

「物分かりがいいのは良いことだわ。それで？　どうするつもり？　今なら泣いて謝れば許してあげないでもないけど？」

「ついでにルインにテイムされればいいよ」

アンゼリカとリリスが挑発的《ちょうはつてき》に言うと、ドロシーはその場で顔を伏《ふ》せる。

沈黙したまま何も言わない彼女をルインが怪訝《けげん》な顔で見つめていると、

「……ふ……」

不意に、ドロシーの口元から息が漏《も》れた。

「フフ……フフフフ……フフフフフ……」

かと思えばそれは陰鬱《いんうつ》な笑いへと変わり、彼女は再び視線を上げる。

「いいんですよ、それで。……どうせ勝てないことは分かっていましたから」

「……なんじゃと？」

意図の読めぬドロシーの発言に、サシャは眉を顰めた。

「勝てないなら……勝てないでいいんです……」

ドロシーは言って両手の指先を振りあげる。まるで楽団の指揮をとるようにして。

「勝てないなら——勝つまでやればいいんですから」

その体から黒い粒子《りゅうし》が大量に溢《あふ》れ、周囲に倒れる魔物の死体へと注がれていった。

間もなく、異変は起こる。

ストーム・ドラゴンの頭が浮かび上がると、首へと接着した。

炭と化したクレイブ・バードの体からボロボロと黒い欠片《かけら》が落ちていき、中から傷一つない姿が現れる。

二匹だけではない。他の魔物達《たち》も、ほとんど塵《ちり》となったモノですら、瞬く間に傷が回復し四肢《しし》が生え、再び立ち上がった。

「再生した……⁉」

ルインの前で確かに死んでいたモノ達が、まるで戦いなどなかったように無傷のまま唸る。

「死んだモノはそれ以上、死にません。何度だって元に戻り、ワタシの為に戦い続けます……」

ドロシーは口元を愉悦《ゆえつ》に歪めながら、事を楽しむように告げた。

「さあ、終わらぬ輪舞曲《ロンド》にお付き合い下さい——ご心配なさらずに」

前髪から垣間見える目を、残酷《ざんこく》なまでに冷たく輝《かがや》かせて。

「あなた達が終われば、ワタシが有難く使って差し上げます」

轟、という音と共にサシャがその身から焔《ほむら》を迸らせた。彼女は握《にぎ》った拳をドロシーへと突きつける。

「ふざけるなあああああああああああッ！」

幾《いく》つもの炎の塊《かたまり》が空中に浮かび上がり、それらは全て魔物達へと襲《おそ》い掛《か》かった。

幾つかは外れたもののほとんどに直撃し、再び塵と化す。

「嗚呼《ああ》、無駄《むだ》なことを。本当に無益なことを」

だがドロシーが指を振ると、途端《とたん》に魔物達が復活してしまう。

アンゼリカが、リリスが、ルインが、オリヴィアが。

何度も何度も魔物達を撃退《げきたい》するが、いずれも何事もなかったかのように元に戻った。

「もう、埒《らち》が明かないわね……！」

苛立ちが最高潮に達したかのように、アンゼリカが髪を掻きむしる。

「ルイン、多分だけどドロシーを無力化しないと魔物達はいつまで経《た》っても倒せないと思う。逆に言えば他の魔物は放っておいても、彼女だけ狙えばそれでいいんじゃないかな」

リリスの指摘に、ルインは次なる敵の行動を警戒《けいかい》しながら「ああ」と頷いた。

「オレもそう思う。だがそう簡単にやらせてくれるかな」

ドロシー自身、その弱点には気づいているだろう。実際、彼女は魔物の一部を自分のすぐ近くに控《ひか》えさせている。己《おのれ》が狙われた際の護衛にしているに違《ちが》いない。

「現状、わらわ達の目的はドロシーを撃破《げきは》することではない。ひとまずはこの場を切り抜《ぬ》け、奴の手から逃《のが》れることが出来ればそれでよいのじゃが。ルイン、なにか手はないか？」

サシャから振《ふ》られ、ルインは思案した。

「そうだな……一瞬《いっしゅん》だけでも全員の動きを止めることが出来ればなんとかなるんだが」

倒してもすぐさま蘇ってしまう以上、攻撃そのものを封《ふう》じた方が良い。

「一瞬だけでいいんですの？　ならわたくしがなんとかしますわ」

「……え？」

オリヴィアが発言し、意外な人物の提案にルインは目を瞬《しばたた》かせた。

「なんとかするって、どうやって――」

「簡単な話ですわ。魔物達を、びっくりさせればいいんです」

オリヴィアは全員の前に出ると、両腕を交差する。

同時、彼女は大きく息を吸い込んで――。

「はああっ!!」

とてつもない声量の叫びを上げた。

それは空気だけでなく世界そのものを震《ふる》わせて、容赦《ようしゃ》なく鼓膜《こまく》を、その奥《おく》にある脳すらも刺激《しげき》する。

思わずルイン達は耳を塞《ふさ》いだが、事情を知らぬ魔物達はもろにそれを受けた。

動き出そうとしていた全員が痺《しび》れたようにその場で立ち止まり、ドロシーすら体を竦《すく》ませて硬直《こうちょく》する。

「今ですわ！　あまり時間がありません！　急いで！」

オリヴィアから指示が飛び、やや呆然《ぼうぜん》としていたルインは頷いて武器を替えた。

炎に腕《うで》を突っ込んで引き抜くと、小さな砲身《ほうしん》が装着されている。

ドロシーへと的確に狙いを定め――現れた女神《めがみ》からの言葉『託宣《たくせん》』を確認《かくにん》した。

【集中砲撃《ほうげき》可能。現在の段階は《海王《かいおう》級》です】

両足を広げ大地をしっかり踏みしめると、砲身のついた腕を別の手で支えながら、次に起こるべきことに対して覚悟《かくご》を決める。

「皆《みな》、離れていてくれ。さぁ、行くぞ……！」

サシャ達が後ろに下がったのを見て、ルインは、高々と声を上げた。

「喰らいつけ――【海竜《かいりゅう》の咆哮《ほうこう》】ッ！」

先程のオリヴィアの咆哮に匹敵《ひってき》するほどの、途方《とほう》もない轟音《ごうおん》が鳴り響く。

砲身から吐き出された長大な水流が、動きを制限されたドロシー目掛けてひた走った。

「なっ――きゃあああああああああっ！」

防御《ぼうぎょ》することも出来ず全身で一撃を受け止めたドロシーは、周囲に居た魔物ごとそのまま無造作に吹《ふ》き飛んだ。

地面を削《けず》りながら転がっていき、やがては遠くの方で止まると沈黙する。

砲撃の反動でルインも後ろに吹き飛んだが、空中で旋転《せんてん》し、どうにか着地した。

「あ……ぐ……く……」

ドロシーの様子を確認すると、さすが魔王《まおう》と言うべきか意識を保っているのは見事だが、全身に多大な衝撃を受けて身動きはとれないようだ。

すかさずサシャが広範囲《こうはんい》に亘《わた》って炎の波をぶつけると、魔物達の大半が消滅《しょうめつ》した。

残るストーム・ドラゴンやクレイブ・バードといった大物は、ルイン達が協力して倒す。

だが彼らは、これまでのように回復してはこなかった。どうやら自動的ではなく、ドロシーが権能を使わなければ復活してこないようだ。

「よし、今の内じゃ、行くぞ！」

走り出したサシャに、ルイン達は続いた。

そのまま少しでもドロシーから離れるべく、休むことなく駆《か》け抜ける。

どれほど時が経っただろうか。

辺りがすっかり暗くなる頃に、ルイン達はようやく足を止めた。

周囲には草原が広がるばかりで街道もなく、人影《ひとかげ》も見えない。

「……はあ。はあ。よし、この辺りで良いじゃろう」

さすがに魔王とは言え息が切れたようで、疲《つか》れた顔をしたサシャが額の汗《あせ》を拭《ぬぐ》う。

「結構、距離《きょり》、稼《かせ》いだね。しばらくは大丈夫《だいじょうぶ》だと、思うけど」

リリスも体力を消耗《しょうもう》したのか、途《と》切《ぎ》れ途切れに話した。

「まったく、もう。あたし、こういう野性的なの、苦手なんだけど……」

その場に座《すわ》り込んだアンゼリカがうんざりしたような表情を浮かべる。

「見た目は大人しそうな子だったけど、やっぱり魔王は魔王だな。ずいぶんとやりにくい相手だったよ」

ルインはドロシーの居た方を眺《なが》めながら言った。当然だがとっくの昔に彼女の姿は見えなくなっている。

「そうですね……まさか死体を操《あやつ》るだけでなく、あのような技も持っているとは。また襲われた時のことを考えると、憂鬱《ゆううつ》な気持ちになりますわ」

オリヴィアが眉間に皺を寄せながら唸《うな》るのに、サシャは切れ長の目を眇《すが》めた。

「ルインが少しも疲れていないのはもはや慣れたことじゃから何も言わぬが、オリヴィア、お主も全く呼吸が乱れておらんな。魔族《まぞく》であるわらわ達ですら、この有様なのじゃぞ」

「まあ。恐《おそ》らくはジョブのおかげですわ。わたくし、訓練の為に山を四つほど越《こ》えたことがありますが、全く疲れませんでした」

「本当は王女じゃなくて熊か何かなんじゃないの……」

「失礼だぞアンゼリカ。オリヴィア様は【獅子戦鬼】というハイレア・ジョブの持ち主なんだ。身体能力に優れる特徴《とくちょう》があるから、そのおかげだよ」

ルインの説明にアンゼリカは「あ、そう」と特に興味なさそうに返してきた。というよりも、疲弊《ひへい》し過ぎてまともに対応するのも億劫《おっくう》なのだろう。

「じゃあ、さっき魔物達の動きを止めたのも、ジョブの力なの？」

リリスが首を傾《かし》げるとオリヴィアは口元に手を当てながら、恥《は》ずかしそうに微笑んだ。

「ええ。はしたない真似《まね》ですから普段は滅多《めった》にやりませんが、状況を打開する為《ため》に致《いた》し方《かた》なく……」

「非常に助かりました。オリヴィア様が居てくれて良かったです」

ルインが頭を下げるとオリヴィアは「いえいえ」と手を振った。その仕草もまた気品に溢れており、とてもではないが少し前にドラゴンすら圧倒《あっとう》するような雄叫びを上げた人物とは思えない。

「ところで、これからどうする。もう日も暮れたし、わらわとしてはそろそろ休みたいのじゃが」

サシャの要求は尤《もっと》もであるように、ルインにも思えた。王都を出てから歩きっぱなしの上、全力疾走を終えたばかりなのだ。さすがに皆、限界が近いだろう。

「そうだな。この辺りで野営をした方がいいかもしれない」

ルインは頷いたが、そこでオリヴィアが手を挙げた。

「それなら、もう少しだけ歩きませんか。そこにわたくしのお父様が建てた家があります」

「家、ですか。別荘《べっそう》みたいなものですか？」

「そうですね。有事の際に敵の目から隠《かく》れる為に用意してあるものです」

「ああ……そういえば王族はそういったものを幾つか持っていると聞いたことがありますね」

万が一、王都を出てどこかへ逃《に》げる際、一時的に休む為に寄るところだという。

「賛成。また歩くのは面倒だけど、野宿よりはマシだわ」

アンゼリカがやれやれといった態度で立ち上がるのに、リリスが小さく手を挙げた。

「私もそう思う。お腹《なか》減ったけど、食料とかある？」

「ええ、備蓄《びちく》されているはずです。それでは、ご案内しますわ」

オリヴィアは言ってスカートを翻し、ルイン達を連れて闇《やみ》の中へと踏み出した。

しばらく進むと、月明りの下、丘《おか》の上に大きな屋敷《やしき》が建っているのが見えてくる。

「あれです。皆様《みなさま》、もうしばらくのご辛抱《しんぼう》ですよ」

ルイン達は丘を登ると、立派な鉄門を潜《くぐ》り抜け、屋敷の前へ立った。

オリヴィアが胸元《むなもと》に手を入れると鎖《くさり》に繋《つな》がれた鍵《かぎ》を取り出し、玄関《げんかん》の扉《とびら》に挿し入れる。

「いつもそれを身に着けているんですか？」

ルインの問いかけに、オリヴィアは扉を開錠《かいじょう》しながら「ええ」と答えた。

「お父様から、何かあった時の為、常にもっておけと。まさか……このようなことになるとは思ってもみませんでしたが」

それは、そうだろう。ルインはなんと言っていいか分からず頭を掻《か》き、結局、無難なことを口にした。

「……ご心中、お察しいたします」

「ありがとうございます。でもどうか、気になさらないで。悲しむ時は既に過ぎました。後は亡《な》くなったお父様達の為にも、ただ、前に進むだけです」

オリヴィアの表情に虚勢《きょせい》を張っている様子はない。真に家族の死から立ち直り、気持ちを改めているのだろう。

（本当に……体も心も強い方だな）

ルインはオリヴィアに改めて尊敬の念を抱《いだ》きつつ、その背に続いて屋敷の中へと入った。

内部はさすが王族の所有物というべきか、広々としており豪奢《ごうしゃ》な造りをしている。

しばらく使われていなかったにもかかわらず掃除《そうじ》は行き届いており、塵一つとして落ちていなかった。

「ひとまずはお食事ですね。食堂までご案内します」

オリヴィアに言われるままついていくと、彼女は正面にある左右へと歪曲《わいきょく》する階段を上《のぼ》り二階へと行くと、廊下《ろうか》を進んである扉の前に立つ。

開かれた先は玄関以上の規模を誇る部屋で、長机に幾つもの椅子《いす》が並べられていた。

「やれやれ。ようやくひと心地《ごこち》つけるわ」

サシャを始めとして全員が席につくと、弛緩《しかん》した空気が流れ始める。

「でもここもあのドロシーにバレるんじゃないの？　さっきも、死体をあちこちにばらまいて、私達の居るところを調べさせたとか言ってたし」

リリスが周囲を警戒するように見るのに、ルインは頷いた。

「その可能性はあるな。ただ、【海竜の咆哮】で与《あた》えた傷は相当に深いと思う。いくら魔王だって言ってもあの状態だと、彼女が回復した後、オレ達の居場所を探し出して襲撃をしかけてくるにしても、一日かそこらはかかるんじゃないかな」

「ってことは、少なくとも今日は安心できるってわけね。あー。しんど」

突っ伏《ぶ》したアンゼリカが頬を長机にくっつける。

「私はお腹が空《す》いたな。なにか食べたい。お肉とか」

リリスがぼやくように言うとサシャもまた「わらわもじゃ」と同意した。

「贅沢《ぜいたく》は言わぬから、数種の木の実を蜂蜜《はちみつ》に漬《つ》けたものをかけた焼き菓子が食いたいの。あるいは果実をたっぷりと使ったパイでも良いぞ」

「十分に贅沢だろ……」

ルインが呆《あき》れて突っ込んでいると、オリヴィアが申し訳なさそうな顔をする。

「あの……言い難いのですけれど、この屋敷に食料はありますが、調理されたものはなくて。わたくし、料理などしたことがありませんから」

「安心せえ。そんなもの、わらわもない」

「私もない」

「あたしにあるわけないでしょ」

サシャ達はオリヴィアの態度とは反するように、なぜか自慢《じまん》げに言ってくると、一斉にルインを見てきた。

「え……オレ？」

三人は、揃《そろ》って頷く。

「いや、まあ、そりゃ、多少は出来るけどさ」

クレスのパーティに居た頃《ころ》は、野営をする際などに全員分の食事を作るのはルインの役目だった。戦いでは役に立っていないのだからせめてでも、と率先《そっせん》してやっていたことではあったのだが、見事なまでにセレネ以外は手伝ってくれなかったことを思い出す。

「そんなに大したものは出来ないぞ。それでもいいか？」

ルインが席から立つとサシャ達は再び頷いた。

「わらわは何か甘いものが良いぞ。疲労《ひろう》を回復するにはそれが一番じゃ。クリームたっぷりのパンケーキを所望《しょもう》する。あ、季節の果実を載せるのも忘れるな」

「私は牛を丸ごと焼いて、その中心だけを取り出したものに葡萄酒《ぶどうしゅ》を使った濃《こ》い目《め》のソースをかけて。赤身なのに火が通っているっていう絶妙《ぜつみょう》な加減を忘れずにね」

「あたしはたっぷりの野菜に埋《う》もれるほどのチーズをかけて、後の味付けは塩と胡椒《こしょう》だけでいいわ。あ、でも、両方とも良いモノを使ってよ？　野菜は沢山《たくさん》なくていいけど最低でも五種類ね」

「そんなに大したものは出来ないって言ったの聞いてたか⁉」

ルインがため息交じりに言うと、三人は揃って不服そうな顔をした。

（どっちが主なのか分からなくなってくるな……）

今更《いまさら》の話だがと思いつつ、ルインはオリヴィアの方を向く。

「すみません、台所はどこにありますか？」

「あ……ええ、こちらです」

オリヴィアに案内され入ってきたところとは別の扉を開くと、そこには立派な竈《かま》と調理台があった。

「食材はこの棚《たな》の中です。包丁などはここですね」

的確に指示していくオリヴィアに礼を言った後、ルインは竈の前にしゃがみ込みながら告げる。

「よくご存じですね。王族の方は調理場などに入られないと思いましたが」

「確かにそうなのですが、屋敷に何があるかを把握していれば、もしもの時に役立つかと思いまして。一通りは調べたのです」

「なるほど。オリヴィア様は本当にしっかりしたお考えをお持ちの方ですね」

隣の部屋でだらけている三人にも見習ってほしい、と切に願うルインだった。

（干し肉と野菜があるからスープでも作るか……後はバターを塗《ぬ》ったパンに焼いたベーコンとチーズを挟《はさ》んで、と。玉葱《たまねぎ》も刻んで入れておくか）

貯蔵庫から取り出した食材を眺めながら適当にメニューを決め、ルインは早速《さっそく》とりかかる。

包丁を手に各種の野菜を切っていると、後ろから視線を感じた。

振り返ると、オリヴィアが何やらそわそわした様子で見つめている。

「どうされました？　それほど時間はかからないと思うので、隣の部屋でお待ち下さい」

「ああ、いえ……その、わたくしも手伝おうかと……」

そういうことか、とルインは得心がいって、笑顔《えがお》のまま首を横に振った。

「とんでもない。王女様の手をわずらわせるわけにはいきませんよ。どうかお気を使わずに」

「そういうわけにも参りません！　ルイン様はお父様が、わたくしが待ち望んだ魔王使い様です。お一人に調理させて自分はただ待っているというようなことは……わたくしだって包丁くらいは使えるはずです。野菜を切れば良いのですよね？」

言って、オリヴィアはルインの隣に並ぶともう一本あった包丁を握った。

人参《にんじん》を調理場のまな板に置くと、慎重《しんちょう》な手つきで切っていく。一つ一つが大き過ぎて不格好ではあったが、彼女《かのじょ》はそれでも懸命《けんめい》な態度で臨《のぞ》んでいた。

「……ありがとうございます」

そんな姿がどこか微笑ましく、ルインはしばらくの間見守っていたが、

「あ……つっ！」

包丁の先で切ってしまったのか、オリヴィアは慌《あわ》てて手を離した。左手の人差し指から赤い血が流れていく。

「大丈夫ですか⁉」

ルインは駆《か》け寄って、オリヴィアの手をとり確かめた。幸い、傷は浅かったようで血はすぐに止まる。

「良かった……これなら痕《あと》も残らないでしょう。念《ねん》の為に後で薬をつけて包帯を巻いておきましょう。オレが良いモノを持っていますから」

いかに【獅子戦鬼】のジョブ持ちであったとしても、スキルを発動していない時は、オリヴィアの体は普通《ふつう》の人間とさほど変わらない。刃物《はもの》で傷がつく程度のことはある。

そのことを予想しておくべきであったと、ルインは反省した。

「あ……そ、そうですね……ありとうございます……」

そこで、ルインはオリヴィアがなぜか消え入る様な声を上げていることに気付き、彼女の方へと視線を落とした。

「あ、あの、ルイン様、ええと……」

顔を真っ赤にしているオリヴィアを見て、ルインはようやく、自分のしていることを悟《さと》る。事もあろうに一国の王女たる人物の手を無遠慮《ぶえんりょ》にも握り、焦《あせ》っていたせいでほとんど体が密着するほどに近づいていた。

「あ――し、失礼しました！　無礼な真似をお許しください」

急いで離《はな》れて頭を下げると、オリヴィアは「い、いえ」と口ごもりながらも、小さく言った。

「無礼などとは思っておりません。ただ、その、ルイン様のお体が思っていた以上に大きく、頼りがいがあって……」

次いで彼女は自らの頬に手を当て、ぽっと赤くなる。

「え……あ、そ、そうですか。その、ありがとうございます」

そんな態度を見ていると、ルインもまたなんだか照れくさくなって、その場で俯《うつむ》くのだった。

「うおっほんっ!!」

が、そこで場の空気を打ち壊《こわ》すかのように、大きな咳払《せきばら》いが聞こえてくる。

ルインが顔を上げると、調理場の入り口にはサシャが立っていた。なぜかひどく不機嫌《ふきげん》そうな顔をしている。

「ルイン。料理が出来るのには時間がかかりそうか」

「あ、ああ、そうだな。それほどでもないと思うけど」

お腹が減って怒《おこ》っているのだろうかと思っている内に、サシャは調理場に入ってくると、なぜか腕を組んで挑戦《ちょうせん》するように言った。

「ならば、わらわも手伝おう！　よく考えれば、お主はわらわの主にして、相棒でもある。お主だけにやらせるのはいささか問題あるからな」

「いや、別にいいよ」

が、ルインが淡白《たんぱく》に断ると「ええ⁉」と予想外であったかのように仰《の》け反《ぞ》る。

「なぜじゃ⁉　手伝うと言っておるのに⁉」

「言っちゃ悪いけど、サシャ……なんていうか、ちょっと不器用だろ」

以前に球投げで盛大《せいだい》に失敗していたことを、忘れてはいなかった。

あの調子で包丁を握られた日には、何が起こるか分からない。

「い、いや、しかしじゃな、わらわもその……」

「気遣《きづか》いをしてくれるのはありがたいけど、大丈夫だよ。オレとオリヴィア様だけでやれるから」

ルインはなるべく優《やさ》しい口調になるよう心掛《こころが》けたが、なぜかサシャはますます機嫌《きげん》を損《そこ》ねたようだった。

「なんじゃ！　わらわだけ仲間外れか！」

「そういうことじゃないよ。どうしたんだいきなり」

「フン！　もういい！　ならわらわはここで二人のことを見ている！　それならば良いじゃろう⁉　それすらも禁じるつもりなのか⁉　ええ！」

「別にいいけど落ちついてくれよ。子どもじゃないんだから」

「子どもっぽくて悪かったの！　どうせわらわは料理一つ出来ぬガキじゃ！　魔王だけど不器用で何も出来ぬガキなのじゃーっ！」

一方的に叫ぶとむくれたように頬を膨《ふく》らませ、サシャはそっぽを向いた。

「サシャー。嫉妬《しっと》は見苦しいわよ」

が、そこでアンゼリカの声が聞こえ、サシャがびくりとしながら調理場の入り口を見る。

つられてルインも視線を送ると、そこにはアンゼリカとリリスが揃って立っていた。

「だ、誰《だれ》が嫉妬などするものか！　お主は本当に適当なことばかり！」

「もっと魔王らしく堂々と構えていなさいな。ルインをとられそうで不安なのは分かるけどね」

「ええい黙《だま》れ！　お主は一回本気で締《し》め上げんと分からんようじゃのー！」

サシャがいきり立ってアンゼリカに飛びかかるが、彼女はひらりとかわして調理場の中に入ってきた。そのまま二人は中で追いかけっこを始める。

「おーい。休むんじゃなかったのか。暴れるなら別の所でやってくれよ」

ルインがやれやれと思いながら注意していると、服の裾《すそ》を小さく引かれた。

そちらに目をやると、いつの間にか傍《そば》に来ていたリリスがじっと見上げてきている。

「ルイン。ご飯はまだ？　お腹空《なかす》いた」

「ああ、ごめん、もう少しだけ待っていてくれ」

「そう。じゃあ、待ってる。ここで」

「ああ。ここで。……ここで？」

「……まあ、いいけどさ」

なぜ、と思いながら見るもリリスは無言のままで立っているだけだった。

気になるものを感じつつも、ルインはオリヴィアと共に調理を再開した。

「待たぬかー！　この海水女がーっ！　潮呑《の》んで溺《おぼ》れろ！」

「誰が海水女よ破壊魔《はかいま》！　勢い余って自分の服も破壊して公衆の面前で全裸《ぜんら》にでもなればいいのよ！」

「いやだから静かにしてくれってっ！」

背後でもみ合う二人に、苦労をさせられつつではあったが。

——それから数十分後。無事に料理も出来上がり、ルイン達《たち》に夕食の時間が訪《おとず》れる。

テーブルに並べられた野菜と肉のスープに、ベーコンとチーズと玉葱を挟んだパンは、なんだかんだ言いながらもサシャ達にはおおむね好評ではあった。

食事の間、とりとめもない会話を交《か》わしていく内に、話題はルイン達のこれまでの旅の話となる。

「まあ……ではルイン様はその、ロディーヌという魔王と正面からぶつかり合い、せり勝ったということですのね⁉」

オリヴィアはサシャから話を聞き終えると、夜空に浮《う》かぶ星々の如く目を煌《きら》めかせた。

「その通りじゃ。その勇猛《ゆうもう》たるやわらわが戦った勇者すら軽く凌《しの》ぐほど。ルインは既に人としての枠《わく》を超えておるな」

サシャが我《わ》がことのように自慢げに言うのに、ルインは苦笑《くしょう》する。

「言い過ぎだよ。あの時はロディーヌを倒《たお》そうと必死だっただけだし……」

「ま、確かに人間の中ではやる方よね。封印《ふういん》から解放された直後であったとは言え、あたしとまともにやり合ったわけだし。十数隻《せき》以上の船を纏《まと》めて鎖で縛《しば》りあげてぶつけたことかもあったっけ」

「本当、ルインにはびっくりさせられてばかりだね。未《いま》だに魔王じゃないかって疑ってる」

アンゼリカとリリスからも言われ、ルインはなんとなくむず痒《がゆ》くなってくる。

「まあ。まあ。まあ！　素敵《すてき》ですわ、ルイン様！」

オリヴィアは感極《かんきわ》まったように席から立つと、長机を回り込《こ》んできてルインの傍に立った。

「魔王使い様の強さはわたくしも文献《ぶんけん》である程度は知っておりましたが、ルイン様はそれ以上です。わたくしもそれなりの力は得たと自負しておりましたが、到底《とうてい》かなうものではありません！」

「大袈裟《おおげさ》です、オリヴィア様。何度か申し上げましたが、オレからすればあなたの方こそ凄《すさ》まじい実力の持ち主だと――」

「いいえ！　ルイン様の方が優《すぐ》れております！　先程の【霊《れい》の魔王】との戦いで確信致しました！　嗚呼――貴方《あなた》のような方が魔王使いに選ばれて、わたくしは何よりも嬉《うれ》しく思っております！」

言って、オリヴィアは身を乗り出し、ルインの手を握ってきた。

「どうかセオドラを打ち倒して下さいませ！　その為になるのであれば、わたくしも微力《びりょく》ながらお手伝いいたします！」

「あ、は、はい、ありがとうございます」

恐らくは無意識下の行動だろうが、積極的な態度にルインはどぎまぎする。

「はいはいそこまでじゃ」

が、そこでサシャがオリヴィアに近づくと、彼女の襟首《えりくび》を掴《つか》んで持ち上げた。

「あらサシャ様、どうかなさいました？」

サシャの手にぶら下がっている状態で、オリヴィアが穢《けが》れの無い瞳《ひとみ》のまま問いかける。

失礼ながら子猫《こねこ》のようだなとルインは思った。

「べ、別に何というわけではないが……」

罪悪感を覚えたようにサシャに床《ゆか》に下ろされて、オリヴィアは彼女を不思議そうに見つめる。

「と、ともあれ。話は変わるがオリヴィア、お主の言う魔王使いの為に女神が与えた道具……【女神の天啓】とやら、具体的にどのような力が備わるのじゃ？」

そういえば詳細《しょうさい》を聞いていなかったと、ルインも興味を惹《ひ》かれてオリヴィアを見つめた。

「そう、ですね。わたくしも魔王使いの力を真に覚醒《かくせい》させるとしか……ただ、強化されるのは装備した方だけではないようです。なんでも契約《けいやく》した魔王達《まおうたち》にも影響《えいきょう》を与えるとか」

「ん。ということは、もしかして私達の力が全て戻《もど》るとか？」

パンにかじりつこうとしていたリリスが、期待を込めるようにして尋《たず》ねる。

現在サシャ達の力は、女神の封印が原因でかなり抑《おさ》えられている。ルインがテイムしたことで少しずつ戻ってきているようだが、それでもまだ半分と少しといったところだという。

道具の効果でそれが解放されるのであれば、ルインとしても非常にありがたい話ではあった。

が、オリヴィアは予想外の答えを寄越《よこ》してくる。

「全て戻るどころか、権能の力が更《さら》に増すようです」

「え、じゃあ、ルインだけでなくあたしも滅茶苦茶《めちゃくちゃ》強くなるってこと⁉」

アンゼリカが興奮したように長机に手をついて体を起こすのに、オリヴィアは頷《うなず》いた。

「はい、そのようです。ただ魔王使いにしろ魔王にしろ、道具の効果は一時的なもの。ある程度の時間が過ぎれば力は失われ、再び起動するには幾らか間を置かなければならないようです」

「なるほど。そう都合良くはいかないってことね。でも、いいじゃない。セオドラが持っていない優位性だわ」

「アンゼリカの言う通りじゃな。これは是《ぜ》が非《ひ》でも道具を手に入れなければならなくなってきたぞ」

サシャが昂揚《こうよう》したようにして言うのにルインもまた同意する。

「ああ。頑張《がんば》ろう。ここがオレ達の分水嶺《ぶんすいれい》になるかもしれない」

サシャ達が揃って、決然とした表情のままで首肯《しゅこう》した。

「そう、ですね。確かに優れた道具ではあります。ただ……」

しかし、そこで一人だけ、声の調子を落とした者がいる。オリヴィアだ。

ルインが見れば彼女の顔はどこか暗く、胸に抱《かか》えたものに対して苦しみを覚えている様子であった。

「どうされました、オリヴィア様。なにか懸念《けねん》されていることでも?」

ルインは訊《き》きながら、ふと脳裏《のうり》を過ぎる記憶《きおく》に沿って続ける。

「そういえば……道具のことについて話した時、気になる点があると仰《おつしや》っていましたが」

話そうとした際に敵の襲撃《しゅうげき》を受け、そのまま流れてしまっていた。

「はい。そこなのです。ルイン様には是非《ぜひ》とも【女神の天啓】を使って頂きたい。それは偽《いつわ》らざる本音です。ただ……同時に留意して頂きたいことがあるのです」

長机に匙《さじ》を置いて、オリヴィアが視線を落とす。膝《ひざ》の上に置き、ドレスの生地《きじ》を掴む手には、確かな緊張《きんちょう》が現れていた。まるで、語るのをひどく躊躇《ためら》うかのように。

「なんじゃ、随分《ずいぶん》と重々しいな。身に着けることでルイン自身の体を傷つける可能性がある、とでも言うのか？」

サシャがスープを飲み干した後で首を傾げるのに、オリヴィアは「いいえ」と小さく呟《つぶや》いて、

「そういうことではありません。ルイン様の身体に関して言えば文献を紐解《ひもと》く限り、あまり気になさる必要はないでしょう。問題は――心の方、なのです」

「……心、じゃと？」

オリヴィアは、懐《ふところ》から小さな手帳を取り出した。

彼女が長机の上に置いた物をルインが見ると、相当に年月が経っているようであちこちが朽《く》ちている。

取り扱《あつか》いを間違えれば、そのままバラバラになってしまうようにすら思えた。

「なによこれ。オリヴィアの日記？」

「いいえ、アンゼリカ様。わたくしのものではありません。これは……」

そこでわずかに口を閉ざし。しかし、何かを振り切るようにして――オリヴィアは、ルイン達にとってあまりに衝撃的《しょうげきてき》な言葉を告げた。

「これは、初代魔王使い様に仕えていた魔王が遺《のこ》した手記です」

「……なんじゃと。では、わらわが戦った、あやつの物だというのか⁉」

目を見開いたサシャが、思わず、といったように手帳をとった。

「お気を付け下さい。随分と古い物になりますので」

オリヴィアの注意に、サシャは分かっている、という風に頷くと、慎重な手つきでページをめくっていく。

「じゃあ、この手帳には当時のことについて書かれているの？」

サシャに視線を送りながら、リリスが気になる素振《そぶ》りを見せた。

「はい。初代魔王使い様に出会われてから、恐らくは死ぬその少し前まで。それほど頻繁《ひんぱん》に、といったわけではありませんので、気が向いた時に記されていたのではないでしょうか」

「……確かに間違《まちが》いはない。初代魔王使いの配下になっていた者に依《よ》る手記だ。奴《やつ》とはそれほど会話を交わしたわけではないが、いくらかわらわにも覚えのあることが書かれておる。あの時代に生きていた者でなければ分からぬことばかりじゃ」

サシャが唸り、次は自分に、とばかりに手を伸《の》ばしてきたリリスへ手帳を渡《わた》す。

「じゃあ、道具についても書かれているってわけ。でもさっきあなた、力の詳細はわからないって言ってなかったっけ？」

アンゼリカの確認に、オリヴィアは「そうです」と端的《たんてき》に答え、

「【女神の天啓】がどんなものであったか、という具体的なことについては書かれていませんでした。身に着けた者のスキルに付随《ふずい》した効果が発動する、など、その程度のものです」

ルインが初めて魔王使いのハイレア・ジョブに目覚めた時、女神の『託宣』は保持者の特性に合わせて能力を変更《へんこう》する、というようなことを言っていた。サシャも初代魔王使いはルインと違《ちが》うスキルを使っていたと言っていたし、個々人に最も適したものに目覚めるのだろう。道具もまた、それに応じて効果の内容を変化させるということだ。

「どちらかと言えばその魔王が書いていたのは、初代魔王使いとなった方の精神的な面についてのことです」

オリヴィアは気持ちを整理するように深呼吸すると、間もなく語り始めた。

「世界で初めて魔王使いとなった方は、魔族についての偏見《へんけん》をお持ちにはなっていたものの、基本的には善良な人間であったようです」

「まあ、オレだってサシャに会うまで、疑いは持っていたものの、魔族は化け物みたいな奴ばかりだって思い込んでいたわけですから。そこは仕方がないですね」

ルインとて魔王使いに目覚めるなどという特殊《とくしゅ》な事態が起こらなければ、あの時のままであっただろう。

「ええ。ただルイン様と違っていたのは、魔王を配下にしても尚《なお》、その考えを改めなかったこと。彼女は実質、奴隷《どれい》のように扱われていたそうです」

「……気に入らないけど、ヒトなんてそんなものだよね。目の前の真実より自分が今まで信じてきたものの方を優先することが多い」

リリスが手帳に目を落としながら発言した。

「それは……そうだな。覆《くつがえ》しようのない事実を突《つ》きつけられても、自分の価値観が間違いであることを認めて、更に改められるヒトは多分、少ない」

残念なことだが、とルインは諦念《ていねん》の息をつく。

価値観、とは言い換《か》えればそのヒトそのものなのだ。それを否定されるということは自分を否定されることに等しい。――実際はそうではない、と分かっていても、気持ちの方で反発してしまうのだろう。

「はい。初代魔王使いとなった方も、そうだったのでしょう。ただそれでも、その方は決して悪ではなかった。世界各地を巡《めぐ》り、魔族に虐《しいた》げられる人間を次々と救っていったそうです。……最初の内は、ですが」

「途中《とちゅう》から変わってきた、と？」

オリヴィアは、ルインの質問に、どこか悲しげな面持《おもも》ちで頷いた。

「女神様から賜《たまわ》った道具を使うことで、初代魔王使い様は正に無双《むそう》の強さを得ました。どのような相手が向かってこようとも、ジョブの力を使えば敵ではなかったのです」

「腹立たしいことじゃが、認めざるを得んな。どちらかと言えばわらわが追い詰《つ》められたのは、勇者ではなく魔王使いの方じゃ。後方に立ち、魔王を先兵として扱う戦い方ではあったが、スキルによってその力を恐ろしい程《ほど》に強めておった。あれはわらわの権能すら超え……」

言いかけてサシャはそこで咳払いする。

「超え……てはおらぬが、そこそこに迫《せま》ってはおった」

「つまらない矜持《きょうじ》を誇示《こじ》しないでよ。あなたより強かったんでしょ」

アンゼリカが目を細めて突っ込むのに、サシャは「違うわ！」と必死な様子で反論した。

「幾度《いくど》か危ないという面はあったが、勇者の横槍《よこやり》がなければわらわが勝っておったわ！」

「はいはい。まあそれはともかくとして」

「おい！　流すな！　ここは重要なところじゃぞ⁉」

「うるさいわね。ほら、オリヴィア、それでどうなったの？」

サシャが長机を叩《たた》いて抗議《こうぎ》したが、アンゼリカは構わずオリヴィアに続きを促《うなが》す。

「サ、サシャ様、申し訳ありません。ですが――いえ、だからこそ、ということかもしれません。初代魔王様は、少しずつではありますが、その人間性が変容していきました」

「力に溺れた、ということでしょうか」

ルインの言葉に、オリヴィアは「ええ」と顎《あご》を引いた。

「ルイン様の仰る通りです。初代魔王使い様はあまりに強過ぎる力を持ってしまったが故、自身が世界で最も優れた存在であると思うようになっていったと、手帳には書かれておりました。そうして最後には、己が女神《めがみ》アルフラ様にすら匹敵《ひってき》すると確信するに至ったと」

「うん。今読んでいるけど、相当に酷《ひど》いねこれ。魔族も人間も統治して、自分一人が全世界の支配者に君臨しようとしていたって」

リリスが不愉快《ふゆかい》そうな顔を作る。彼女が普段抑《ふだんおさ》えこんでいる感情をこうもあからさまにするというのは、よほどのことだ。

「なるほどの。それで得心いったわ。わらわが対峙《たいじ》した初代魔王使いは、とてもではないがオリヴィアが言ったように善良な人間などではなかった。寧《むし》ろその正反対に位置する輩《やから》であったからな」

「サシャが戦った時にはもう、変わってしまった後だったということだろうな」

ルインは複雑な想《おも》いを抱いた。オリヴィアの話を聞く限りは初代魔王使いも高い志があり、弱い者を助けようとする心を持った人物だったのだろう。

それでも、変わってしまったのだ。考えうる限り、最悪な形で。

「ですが、そのことが女神様の怒《いか》りを買いました。恐《おそ》らくはサシャ様との戦いが終わった後――初代魔王使い様はアルフラ様の手によって命を奪《うば》われたそうです。それ以降、手記には何も書かれておりませんので、配下である魔王がその後、どのような最期《さいご》を迎《むか》えたかは分かりません」

オリヴィアは話し終えた後、ルインを真《ま》っ直《す》ぐに見つめた。

自らの切なる気持ちを訴《うった》えかけるように。

「ルイン様。強過ぎる力は、時に使っている本人を逆に支配し、その有り様すら変貌《へんぼう》させてしまいます。わたくしは、世界の希望である貴方《あなた》様に更なる力を持ってほしい。ですが、そのことを、よくお考えになってもほしいのです」

「待ってよ。結局、あなた、ルインにどうしてほしいわけ？　道具を使ってほしいの？　使ってほしくないの？」

アンゼリカが怪訝《けげん》な顔で問うのに、オリヴィアは迷うよう、唇《くちびる》を噛《か》み締めた。

「正直に言えば……半々です。目の前に待ち望んでいた魔王使いであるルイン様が現れた時は、お父様が命を賭《と》して守ったモノをようやく託《たく》すことが出来ると思いました。ですが時が経《た》つにつれ、本当にそれでいいのだろうかという迷いも生まれ……ですから今、このお話を致しました。全ては、ルイン様に決めて頂こうかと」

自らの胸元を強くその手で掴むと、オリヴィアが震《ふる》える声で言う。

「お縋《すが》りするようで申し訳ありません。ただ、わたくしもどうするべきかと迷っています。こうして王都を無事に脱《だっ》した以上、ルイン様達はセオドラに対抗《たいこう》する別の方法を探《さぐ》った方が良いのかもしれません」

「オリヴィア様は、それでよろしいのですか？」

ルインの確認《かくにん》に、オリヴィアは微笑《ほほえ》んだ。だがそれは、内心を隠すべく無理に浮かべたものであるように思える。

「構いません。ルイン様は素晴《すば》らしい人格をお持ちの方です。もしそのようなお方が、道具のせいで初代魔王様のようになられては、元も子もないように思えますので……」

「ふん。安心せえ、オリヴィア。ルインはそのようなことにはならぬ」

サシャが自信たっぷりに言い切った。

「こやつは初代魔王使いとは違う。魔族《まぞく》についての偏見を改め、わらわと共に手を結び、理想の国を築こうとしておるのじゃぞ。女神の造った道具如《ごと》きに左右されるような、柔《やわ》い精神の持ち主ではないわ」

「……どうかしら」

だが、アンゼリカが呟くのに、サシャは水を差されたとばかりに彼女を睨《にら》み付ける。

「どういう意味じゃ。お主もルインのことはよく知っているじゃろう」

「ええ。でも、あたし達はその道具のことをまだ良く知らない。ルインが絶対に変わらないなんて、そんな確証はどこにもないわ。可能性という意味であれば、ルインにだって同様に存在しているのよ」

「そ、それは、そうかもしれぬが。しかしルインは……」

「他の奴とは違うから？　分かっているわよ、そんなこと。確かにこいつは並ではないわ。でもね、それでも一人の人間なのよ。不確定要素が入った時にどうなるかなんて読めるわけがない。初代魔王使いよりもっと酷いことになるかもしれないわよ」

「お主はルインを信じておらんのか！」

「盲目的《もうもくてき》になるなって言ってるのよ！　ルインがもし最悪な結果を迎えた時、あなた、責任がとれるの⁉」

「しかしわらわはルインの相棒として――！」

「……いや、サシャ。君の気持ちは嬉しいけど、オレもアンゼリカに同意だ」

不意にルインが零《こぼ》した言葉に、サシャは動揺《どうよう》したように体を竦《すく》ませた。

「ルイン、お主まで何を……」

「サシャ達もセレネも、オレのことを認めてくれている。それは本当に有難《ありがた》いことだ。だけどオレはそんなに、自分に対して自信を持てないんだ。アンゼリカやオリヴィア様の言う通り、【女神の天啓】によって暴走してしまうかもしれない」

優越感《ゆうえつかん》や選民思想というものは、毒にも似ている。

気を付けていたとしても一度体に入り込んだ以上、分からぬうちに汚染《おせん》し、全身に行き渡り、やがては取り返しのつかない結果を生み出してしまうのだ。

ルインはリリスから渡された手帳を読みながら、そう感じていた。

オリヴィアの言う通り、初代魔王使いとなった男は多少の問題はありながらも、基本的には善なる人物であったようだ。多少の問題、とは言ったがそれは誰にでも存在しているものに過ぎない。ルインを含《ふく》め、よこしまな心や誤った意識を全く持っていない者などいるわけがないのだ。

だが【女神の天啓】はその、言うなれば人の心にあるほんのわずかな闇《やみ》、というべきものを増幅《ぞうふく》させてしまった。平凡《へいぼん》な者を、邪悪《じゃあく》な存在へと変えてしまうほどに。

初代魔王使いが良い方にも悪い方にも特別でなかったのだとすれば——それがルインにだけは当て嵌《は》まらないと、誰が言えるだろうか。

故に、

「オレは……オレ自身が初代魔王使いになってしまうような事態は、避《さ》けたい」

「ルイン……」

サシャは小さく名を呼んだ後、顔を伏《ふ》せ、拳《こぶし》を強く握《にぎ》りしめた。

もし、ルインが彼女の知る初代魔王使いのようになってしまったら、という不安が湧《わ》き上がってきたのかもしれなかった。

場に、静寂《せいじゃく》が訪れる。

誰もが答えを出せずに沈黙《ちんもく》し、ただその場で時が過ぎるのに身を任せていた。

そうしたところでどうにもならないことは知っているのに——そうする以外の選択《せんたく》を持たない、というように。

そうして、どれほど経った頃だろうか。

「……。私は」

不意に。リリスが、静かな口調で話し始めた。

「私は、ルインは初代魔王使いのようにはならないと思う」

「……どうしてそんなことが言えるわけ？」

意外な人物が断言した為《ため》か、アンゼリカがやや驚《おどろ》いたように尋ねる。

「初代魔王使いは確かにすごい力を持っていた。だけど彼《かれ》にとって魔王は配下以上の存在ではなく、他に仲間もいなかった」

「それがどうかしたの？」

「――孤独《こどく》だったんだよ、世界で初めての魔王使いは」

リリスは伏せていた視線を、ゆっくりとルインへと向けてきた。

「だけどルインには、私やサシャや、アンゼリカが居る。ルインがもしそんなことになったら、皆《みな》が全力で止めるよ。だって――私達は、配下じゃなくて仲間、なんでしょ？」

リリスの口から紡《つむ》がれた予想外の言葉に、ルインは息を呑んだ。

「ルインはいつもそう言っていた。だけど私はそれを、一緒《いっしょ》に旅をする際に対等な関係を結ぶことだって思っていたんだ。だけど、あの時……ローレンシュタインの王都で罠《わな》にかかった場面で、私をサシャ達の下へ行かせた時。ルインは、私を信じるって言った。私が、自分を助けてくれるはずだって」

普段《ふだん》からは考えられぬほど饒舌《じょうぜつ》になるリリスの表情は、しかし、いつもと変わらない。

「私は魔族で、魔王なのに。主であるルインが死ねば、自由になれるのに。魔王使いなんだから、命令すればそれで済む話なのに。わざわざ、頼《たの》むって言ってきたんだよ。本気で……本気で私が助けに戻ってきてくれるはずだって、そう思っていたから」

ただルインには、少しずつ、彼女の語りに熱がこもり始めたように思えた。

「その時、もしルインが逆の立場ならきっと私を助ける為に全力を懸《か》けるだろうって感じて、気づいたんだ。ルインにとっての仲間って、そういうこと。自分の運命を委ねるに値する対象なんだって」

リリスはそこで手を握りしめると、大切なことを伝えるように、はっきりと言い放った。

「だから——私は、応えないとって思った。託された以上、絶対にルインを助けないとって、必死でサシャ達の下へ戻った」

揺《ゆ》らぎのないその瞳にルインの姿を映しながら、彼女は続ける。

「ルインにとって私がそういう『仲間』なんだとしたら。私も『仲間』としてルインを助ける。暴走したとしても殴《なぐ》りつけて目を覚まさせる。今まで見てきたあなたはそうじゃない。女神の恩恵《おんけい》ごときで変わってしまうような、そんなヒトじゃないって、そう思い出させる為に」

だから、と。リリスはそこで、はっきりとした笑《え》みを浮かべた。

「だから、大丈夫《だいじょうぶ》。ルインは安心して道具を使って。あなたならきっと変わらない。万が一にも変わったとしても……私達が、いるから」

「あ――」

ルインは何か言おうとして、だが、形に出来ずリリスから顔を背《そむ》ける。

そうでもしなければ、泣いてしまうと思ったからだ。

「……普段、むっつりしていると思ったら。急にそんなこと言ってくるとか。ちょっとずるいわよ、あなた」

アンゼリカもまた目を逸《そ》らし、頬《ほお》を赤らめながら、照れ隠《かく》しのようにぶっきらぼうな調子で言った。

「わらわとしたことが。リリスに教えられるとは情けない」

サシャは苦笑交じりに言って、前髪《まえがみ》を掻《か》き上げる。

「まったくもってその通り。たとえルインが変わってしまったとしても、わらわは全力でそれを戻す。戻すことが出来ると信じておるからな」

「フン。あたしはやるかどうかわからないわよ。仲間だって認めたわけじゃないんだし」

アンゼリカが不貞腐《ふてくさ》れたように告げるも、リリスはそこで肩《かた》を竦めた。

「アンゼリカは助けるよ。あなたはそういうヒト」

「分かったようなこと言ってるんじゃないわよ」

「分かっているから言っているんだよ」

突っ掛《か》かるもすかさずリリスから反論されて、アンゼリカは「ぐっ」と押《お》し黙った。

「……もう、勝手にすれば」

やがて彼女は全てを投げ出して誤魔化《ごまか》すように、再びそっぽを向く。

「ありがとう、リリス、サシャ、アンゼリカ。オレを信じてくれて」

「あたしは何も言ってないわよ！」

顔を真っ赤にして叫《さけ》ぶアンゼリカを他所に、リリスは素っ気無く告げた。

「別に。今までルインを見てきたら、当たり前のことだよ」

「そうじゃな。しかしリリス、お主の言葉にはわらわも心動かされたぞ。普段はルインとどこか距離《きより》のあるお主だが、実はすぐ傍におったのじゃな」

「そ……そういうわけじゃ、ない」

だがサシャから感心したように言われると、徐々《じよじよ》に赤くなる顔を隠すようにして下を向いていく。

（……でも、そうか。そうだな）

リリスの言葉を受けて、ルインの中に少しずつ、力が湧《わ》いてきた。

それは、前へと進む為に必要な力。

最悪を予想して尚、やるべきことをやるのだという、確かな覚悟《かくご》と意志だった。

「……オリヴィア様。決めました」

もう考える必要はない。ルインは己《おのれ》の中で出した答えを伝えた。

「オレは【女神の天啓】を使います。リリスの言う通り、オレは独りじゃないし……仮に道具の影響が出ても、耐《た》えてみせますよ。種族の垣根《かきね》を越《こ》えてオレと運命を共にしてくれる、サシャ達の為にも」

「……。ええ。分かりました」

わずかな沈黙の後、オリヴィアは何も反論することなく、ただ頷いた。

彼女《かのじょ》もまた、ルインがそうするであろうと思っていたのだろう。

「わたくしは何を見ていたのでしょう。ルイン様にはこれほどまでに頼《たよ》りになる方々がついているのですから。何も心配はいりませんでした。皆様方《みなさまがた》の絆《きずな》を、わたくしもまた、信じてみます」

ルイン達ひとりひとりを、微笑みと共に見つめていく。

「では明日、目的地へと向かいましょう。ここからであれば半日もあれば着けるはずですから」

「ええ。——お願いします」

ルインは深々と頭を下げ、後は体力回復の為に、休むことにした。

「……たかが人間と侮《あなど》っていましたが……。反省しなければ、いけません……」

太陽が、東の果てから姿を見せた頃《ころ》。

【霊の魔王】ドロシーは、ようやくその場から立ち上がる。

魔王使いの一撃《いちげき》で受けた傷は殊《こと》の外《ほか》深く、回復するのに随分と時をかけてしまった。

未だ元通りとはいかないものの、動ける程度にはなっている。

ならば後はルイン達を追いがてら治していけばいい。

「さて、と」

ドロシーが指を鳴らすと、足音一つすら立てず、数人の男達が降り立った。

ローレンシュタイン城で雇《やと》われていた隠密兵達《おんみつへいたち》だ。セオドラによって殺された今、自分の手駒《てごま》となっている。

「魔王使い達の居場所は、見つかりましたか……?」

男達はほぼ同時に頷くと、詳細な場所を報告してきた。

「ふうん。結構遠くにいらっしゃいますね……」

歩いてとなると、まず、追いつくのは不可能だ。

ルイン達を攻撃《こうげき》させた魔物《まもの》の死体が使えれば良いのだが、【終劇冥絵】はその場に対象が居なければ効果を発揮しない。

ドロシーの権能は知らぬ者から見れば万能《ばんのう》の力であるように思えるが、幾《いく》らかの制限はあるのだ。

死体を操《あやつ》ることも、命令を与《あた》えて生前のように振《ふ》る舞《ま》わせることは出来るが、相手から情報を聞き出すことや、記憶を覗《のぞ》くことは出来ない。

ローレンシュタイン王から遺跡《いせき》の場所を吐《は》かせられなかったのも、その為だ。

その事実を知った時、自らの主であるセオドラがひどく失望した様子を見せたことを今でも鮮明《せんめい》に覚えている。

（セ、セオドラ様のあんな顔、二度と見たくない……）

だからこそ、今回の件は絶対に失敗するわけにはいかないのだ。

幸い、王都を脱出《だっしゅつ》したルイン達の下へ辿《たど》り着く為に用意した馬車を、近くに控《ひか》えさせている。

それに乗れば追跡《ついせき》は可能のはずだった。

次いで、ドロシーは闇に向かって目を見開く。

途端《とたん》、眼前に、この場から遠く離《はな》れた場所にあるはずの、どこかの屋敷《やしき》が映り始めた。

隠密兵達にはルイン達を見つけた場合、一人をその場に残すように命じてあり――権能によって、その者と視界を共有したのだ。

丁度、屋敷からルイン達が出てくるところだった。

ドロシーの操る死体は、そのまま彼らの後をつけ始める。

「急ぎましょう。彼等が目的を達することだけは、許してはいけません……」

かつて女神アルフラが初代魔王使いに与えたという道具――。

それが二代目であるルインの手に渡るより前に、奪取《だっしゅ》しなければならない。

「ま、間に合えばいいですけど……まあ、なんとかなりますか」

しかし問題は、彼らを確実に仕留めることが出来るかということである。

力試《ちからだめ》しにと選んだ魔物達では、どうやら到底及《とうていおよ》ばなかったようだ。

もっと上をいく戦力を加える必要があった。

(となると――アレを使いますか)

ルイン達の中に一人、有益そうな人材の『記憶』を持つ者が居た。

(アレは中々のものでした。その他にも魔物の数を増やせば……どうにかなるでしょう)

今度こそ確実に仕留めてやる。

「フ……フフフ……ウフフフフフ……」
そんな暗い感情と共に——ドロシーは、再び動き始めるのだった。

「あ、見えてきましたわ。あそこにあるのが、お父様が発見された遺跡です！」

オリヴィアが声を上げ、目の前を指差す。

夜明け前に隠れ家《が》から出発し、歩くこと半日ばかり。

彼女の言う通り、街道《かいどう》から外れて進んだ先にある山を登ったところに、それはあった。

石柱で出来た門は年代を感じさせるようにびっしりと苔《こけ》むし、その奥《おく》には同じように古びた小さな祠《ほこら》が建っている。

分厚い扉《とびら》によって入る者を拒《こば》まんとする様は、オリヴィアの話を聞いたからだろうか、どこか神秘的なものを感じさせた。

「やっと着いたわけね。これで道具が大したことなかったら本当にぶっ飛ばしたくなるわ……」

洒落《しゃれ》にならないようなことを言うアンゼリカを、ルインは宥《なだ》める。

「大丈夫だって。オリヴィア様を信じよう」

「そうじゃぞ。それにその時はその時じゃろう。悪いのは道具を造った女神であってオリヴィアではないわ」

サシャが続くとアンゼリカは「そりゃそうだけどさ……」とぼやいた。

「ルイン様、参りましょう。魔王使いであるルイン様が扉に触《ふ》れることで、遺跡は貴方を迎え入れるはずです」

オリヴィアに促されるまま、ルインは遺跡へと歩み寄っていく。

「そういえば結局、ドロシー来なかったね。ルインの攻撃がよほど効いたのかな」

と、そこでリリスが辺りを窺《うかが》いながら言うと、サシャは馬鹿にするようにして鼻を鳴らす。

「死体を操って使役《しえき》するような奴じゃ。どうせ本人はひ弱なのじゃろう。今頃《いまごろ》、言うことを聞かない体をバタつかせて泣きわめいておるのではないか」

「性格的にぶつぶつ恨《うら》み言《ごと》でも言ってそうだけど」

「確かにそっちの方が合ってそうね。部屋の隅《すみ》で膝抱《ひざかか》えて世の中に対する憎《にく》しみをつらつら並べ立てているような女だったし」

「言い過ぎだろアンゼリカ……」

容易に想像することは出来るが、と思いながらも、ルインは注意した。

「悪かったですね……部屋の隅で絶望した顔して世の中に対する憎しみを並べ立てながら

目にするもの全てに呪詛《じゅそ》をぶつけているような女で……」

その瞬間《しゅんかん》。背後から声がしてルイン達《たち》は反射的に振り返る。

そこには——やはりというべきか、ドロシーの姿があった。

「あたしそこまで言ってないわよ」

「あなたの顔が語っているんです」

アンゼリカの反論を一刀両断し、ドロシーは卑屈《ひくつ》な笑みを浮《う》かべる。

「お久しぶりですね……昨夜はか弱いワタシに強烈《きょうれつ》な水をぶつけて頂いて、有難《ありがと》うございます……」

「それほどでもないのう」

「言ったのはあなたではありませんし褒《ほ》めてはいません……」

胸を反らすサシャにドロシーは首を振る。

「申し訳ありませんが、あなた達をそこの建物に入らせるわけには参りません……ここで全員纏《まと》めて、死んで頂きます」

「あなた、昨日は私達にやられていたけど。同じことをまた繰《く》り返す気？」

リリスが挑発的《ちょうはつてき》に言うと、ドロシーの口元が裂《さ》けるように開いた。

「フ……フフフフ……いいえ……いいえ、いいえ……そのような愚《おろ》かな真似《まね》は致《いた》しません……。今日は違った趣向《しゅこう》を用意してありますから……」
言って、ドロシーが指を振りあげる。
地面が激しく震動《しんどう》して盛り上がり——様々な魔物を呼び出した。
だがその面子は、昨日と全く変わっていない。
「ちょっと。どこが違うのよ」
アンゼリカが口を尖《とが》らせるとドロシーは指を左右に振った。
「焦《あせ》らないで下さい……本番は、ここからです」
そうして両手を上げて、歌うようにして口ずさむ。
「さあ、いらっしゃい——新たな参加者たち」
轟音《ごうおん》が鳴り響《ひび》き、次々と大地が山を築いた。
土塊《どかい》が落ちていくとともに、違う魔物達が姿を見せる。
中には魔族らしき姿もあった。ルインがこれまで手にかけてきた者達だ。
だが——最後に現れた者には、見覚えがなかった。
赤い髪《かみ》を肩の辺りまで伸ばした女性だ。猫《ねこ》にも似た耳と尻尾《しっぽ》を持っていた。
黄金の瞳《ひとみ》を宿した目は鋭《するど》くどこか挑戦的《ちょうせんてき》で、精悍《せいかん》な顔つきには野性味が溢《あふ》れている。
痩躯《そうく》の割に肉体は鍛《きた》え上げられており、佇《たたず》むだけで威圧《いあつ》されるような迫力《はくりょく》があった。

魔族には違いないが、あのような人物に出会ったことはあっただろうか。

ルインが急ぎ記憶を辿っていると、

「レオーナ……」

リリスが、掠《かす》れる声で呟いた。

その目は珍《めずら》しく大きく見開かれ、場に呆然《ぼうぜん》と立ち尽《つ》くしている。

「なんじゃ、知っている顔か、リリス？」

サシャから尋《たず》ねられるも、リリスは黙《だま》ったまま答えようとしなかった。無視しているのではない。ありえない出来事を前にして、我を失っているようだった。

「レオーナって……もしかして、リリスの部下だったヒトか？　右腕《みぎうで》として働いていたっていう……」

ローレンシュタインの王都で聞いた話を、ルインは思い出す。

リリスはしばらくすると、ようやく、ゆっくりと頷《うなず》いた。

「昨日の魔物達如きではあなた達には力量不足かと思いまして……フフ。皆さんの記憶の中から、使えそうな人材を引っ張り出してみました。お望みなら、他の方々の身内も呼び出してあげましょうか……？」

続き、ドロシーが指を鳴らすと他の魔族達《たち》が次々と姿を見せる。

それぞれの顔を見た瞬間、サシャやアンゼリカが血相を変えた。

「ジン……アーシャまで……」

アンゼリカが青ざめた顔で、後ろへと下がる。いつもの気丈《きじょう》な彼女からは考えられないほど、狼狽《ろうばい》した姿だった。

「お主……なんということを……」

サシャは怒りを必死で堪《こら》えるように、ぎり、と音が鳴るほどに歯を噛み締《し》める。

「レオーナさん、と仰るんですね、この赤い髪の方は……。ワ、ワタシが読み取れるのは死んだ瞬間の場面だけですので、どういった関係であったかは分かりかねますが……。その様子ですと、彼女はあなたにとって随分《ずいぶん》と大切なヒトだったようですね」

ドロシーは事態を面白《おもしろ》がるように、くつくつと笑いを漏《も》らした。

「は、反応から見るに、他のお二方も同様のようです。……果たして、かつての大事な人を前にして、昨日のように戦えますか……？」

「下衆が……ッ！」

限界を超えたというように叫ぶサシャの体から、漆黒《しっこく》の炎《ほのお》が噴《ふ》き出した。それは彼女の怒りを表すようにして、天を焼かんばかりに高く迸《ほとばし》る。

「……越えちゃいけない一線っていうのがあるのよ……」

押し殺したような声を上げたアンゼリカだったが、次の瞬間、全てを打ち砕《くだ》くかのような大声を張り上げた。

「あなた——絶対に許さないから……ッ！」

だがそれを受けて尚、ドロシーはその顔に、冷笑《れいしょう》を張り付けたままだった。

セオドラに操られているとは言え——魔王と呼ばれる者がもつ恐ろしさの片鱗《へんりん》を、ルインは自らの肌身《はだみ》で味わう。

「レオーナ……久《ひさ》し振《ぶ》り。私だよ。リリス」

そこで、リリスが前に踏《ふ》み出し、赤髪の魔族に声をかけた。

「私が分かる？……分かるよね？」

その言葉に、レオーナは反応を見せる。朗《ほが》らかな笑顔《えがお》を見せて、頷いた。

「ええ、分かります、リリス様。お久しぶりですね」

「うん。ねえ、レオーナ。私のことが分かるなら、そんな女の下から離れて、こっちで戦おう？　昔みたいに、私と……私と一緒に……」

かつての部下に対して、懸命《けんめい》に訴えかけるリリス。

だがレオーナはそんな彼女に、変わらぬ表情のままで、はっきりと答えた。

「リリス様。それは、無理です」

何の問題もない、当然のことであるようにして。

「あたしは、ドロシー様の命であなたを殺します。どうかご容赦《ようしゃ》くださいね！」

リリスの体から、力が抜《ぬ》けた。彼女は崩《くず》れ落ちるようにして、その場に膝《ひざ》をつく。

「……レオーナ……」

恐らく、リリスとて理解していたのだろう。

生きていた頃と同じ姿をしていたとしても、今となっては、レオーナはドロシーの操り人形《にんぎょう》に過ぎない。自分の想いなど、届くはずがないのだと。

だが、それでも——リリスは縋った。ほんのわずかな可能性に。

それだけ、レオーナは彼女にとって大切なヒトだったのだ。

「さぁ、始めましょう。今度こそ終わらせましょうね……」

ドロシーは欝々とした声と共に、手を振りあげる。

直後、魔物達が一斉《いっせい》に吼《ほ》え猛《たけ》り、魔族達が権能を発動した。

レオーナもまた上げた腕《うで》を顔の前に翳《かざ》し、吊《つ》り上げた口元から、牙《きば》を覗かせる。

「——【灼虎変核《インフェルス》】」

彼女が呟《つぶや》くと同時、その姿が変貌した。

全身の体毛が伸《の》びると共に山の如く巨大化《きょだいか》し、鋭い爪《つめ》のついた手を——いや、前足を大地へとつける。

現れたのは、赤と黒、二つの色を持つ猛虎《もうこ》だった。その背からは、轟々《ごうごう》と炎が燃《も》え盛《さか》っている。

（リリスはレオーナが魔物に変化する権能を持つと言っていた。それがあれか……）

【獣《けもの》の魔王】と呼ばれた者の側近を務めていたほどだ。その力は決して侮れぬものであるはずだった。

しかし、サシャやアンゼリカはともかく、リリスはレオーナを見つめたまま、まるで動けなくなっている。あれでは戦えるはずもなかった。

「リリス様、お下がりください。この場は、わたくしにお任せ下さいませ」

オリヴィアも同じことを考えたのだろう。スキルによって自らの得物である斧《おの》を呼び出すと、肩に担《かつ》ぎながらリリスの前に立った。

「ああ。オレもやる。リリスは戦わなくていい」

ルインもまた、炎の中から【破断の刃《やいば》】を掴《つか》み取りながら言う。

今のリリスには無理だという想いもあるが、なにより、あれほど取り乱している彼女を、レオーナとの殺し合いに参加させるのは酷《こく》だという判断もあった。

だが――。

「……いい。私がやる」

リリスは喘《あえ》ぐように言い、その場から立ち上がった。

「ルインとオリヴィアは先に遺跡に入って、道具を手に入れて。ここは私やサシャ達で食い止めるから」

ルインの隣《となり》に並ぶその表情は、普段と変わらぬように見える。

「……無理をするな、リリス。子細は知らぬがあのレオーナと言う女は、お主にとって大事な相手なのじゃろう」

サシャが気遣《きづか》うように言うが、リリスは首を横に振った。

「それはサシャ達だって同じ。あなた達がやるのに私だけ何もしないなんていうのはダメ」

「……本当にいいんでしょうね？　参戦する以上、途中《とちゅう》でやっぱり無理だなんて言い訳は通用しないわよ」

アンゼリカが念を押すように言った。口調はきついが、彼女なりにリリスを思いやってのことだろう。

「うん。大丈夫。――相手がレオーナなら、尚更《なおさら》、私がやらなきゃダメだと思うから」

決意を固めた様子のリリスに、ルインはそれでも、彼女を置いていくことを躊躇《ちゅうちょ》した。

そんな心中を見抜《みぬ》いたのだろう。

「ルイン。私を信じて。私も、あなたを信じて耐え抜く」

リリスはいつものように感情を挟《はさ》まずに続けて、それでもわずかに笑みを浮かべた。

「だから――必ず道具を手にして、ここに戻《もど》ってきて」

「……リリス」

ああ、そうだ。ルインは気持ちを改める。

（リリスの言う通りだ。オレは……オレの果たすべきことをしよう）

ルインは頷くと、今度は後《うし》ろ髪《がみ》を引かれることなく後ろを向いた。

「オリヴィア様、行きましょう。サシャ達なら大丈夫です」

「ルイン様……承知しました」

迷いなく断言したルインに対し、オリヴィアもまた続く。

「行ってこい、ルイン。更に強くなったお主を待っておるぞ！」

「とっととしなさいよね！　あたし、気が短いのよ！」

サシャとアンゼリカから発破をかけられ、ルインは手を上げた。

そうして――オリヴィアと共に走り出す。

背後では戦闘《せんとう》が始まったのか、激しい音が鳴り始めた。

それでも振り返ることなく、やがてルイン達は、遺跡の入り口へと到着《とうちゃく》する。

急ぎルインは扉へ近付こうとするが、

「させません……ッ！」

ドロシーの声と共に目の前の土が急速に盛り上がった。ルインは、反射的にその場から飛び退《の》いて距離をとる。

途端、先程《さきほど》まで自分とオリヴィアが居た場所に、大量の魔物が現れる。

「そう簡単にはいかないってことか……！」

「ルイン様、道を切り開きましょう！」

ルインが剣《けん》を構えると、隣に居るオリヴィアも魔物達に斧を向けた。

二人同時に飛び出し、向かってくる魔物達を片《かた》っ端《ぱし》から退けていく。

それでも相手は次々に蘇《よみがえ》ると、牙を剥《む》いて襲《おそ》い掛かってきた。

これでは扉を開けるどころか、遺跡に再接近することすら出来ない。

「あなたに道具を手に入れられれば……セオドラ様の寵愛《ちょうあい》を受けられなくなってしまう……それだけは、いけません……！」

ドロシーは必死な声と共に、更なる魔物達を投入してきた。

ルインの視界一杯《いっぱい》に無数の異形が出現し、ひしめき合う。

「くそ……どうすれば……！」

このまま延々と戦っているわけにもいかなかった。

ルインはなんとか状況《じょうきょう》を打開すべく策を案じていたが、

「ルイン、オリヴィア、どけっ！」

背後から飛んできた声に、オリヴィアの手を引いて真横に移動した。

傍《そば》を巨大《きょだい》な漆黒の炎が通り過ぎ、魔物達を巻き込《こ》んで爆発《ばくはつ》する。

「向こうはアンゼリカ達に任せた。ここはわらわが引き受ける。隙《すき》を見て遺跡に入るが良い！」

駆《か》けてきたサシャが、手にした黒炎を復活し始めていた敵へと再び放った。

そのまま間断なく攻撃を続け、相手の体が修復する端《はし》から消していく。

「そ、そんな、いくらサシャ様でも、これだけの数をお一人では……」

「――分かった」

躊躇《ためら》うオリヴィアとは反対に、ルインは迷いなく頷いた。

「サシャの言う通りにしましょう、オリヴィア様。今は少しでも時間が惜《お》しい」

「ですが、ルイン様……」

「大丈夫だよな、サシャ」

生死を共にしてきた相棒に、ルインは確信を込めて告げる。

「君なら問題ない。……そうだろ?」

返事はいつものようにして尊大に、かつ、力強く紡がれた。

「当然じゃ。わらわを、誰《だれ》だと思っておるッ!」

サシャはルインに向かって、誰よりも不敵に笑いかける。

「魔王《まおう》使いルイン第一の仲間、最古にして最強なる【死の魔王】ぞ! 雑魚《ざこ》が何百、何千居ようとも……物の数ではないわッ!」

両手を掲《かか》げたサシャの全身から、炎が噴き上がる。広範囲《こうはんい》に亘《わた》って大地を嘗《な》める闇の焔《ほむら》は、一瞬《いっしゅん》にして周囲に居た魔物を飲み込み、塵《ちり》と化した。

「ああ。頼んだぞ、サシャッ!」

ルインは、サシャが開いてくれた道を迷いなく走り出した。

わずかに遅《おく》れて、後ろからオリヴィアもついてくる。

「嗚呼《ああ》! 不味《まず》い! こ、この、邪魔《じゃま》です……ッ!」

ルインの後ろで焦燥《しょうそう》にかられるドロシーに対し、サシャは高らかに声を上げる。

「どうした、どうした! この程度でわらわを屈服《くっぷく》させられるとでも思っておるのか! まだまだいけるぞ! フハハハハハハハハ!」

立て続けに鳴る爆発音《ばくはつおん》を背に、ルインは遺跡に辿り着いた。

今度こそ手を伸ばし、扉に触れる。

直後、扉が震動し、やがて表面上に光の軌跡《きせき》が描《えが》かれ始めた。

瞬《また》く間《ま》に複雑な紋様《もんよう》を浮かび上がらせた後、扉は低い音を立てながら真下に沈《しず》んでいく。

ルインはオリヴィアと視線を一瞬だけ交《か》わし合い――そのまま、内部へと突入《とつにゅう》した。

再び音を立て、背後にある扉が閉まると、光源は一切《いっさい》なくなった。

だがそれでも室内の様子はおぼろげに捉《とら》えることが出来る。

壁《かべ》全体が、淡《あわ》い光を放っている為だ。

「この遺跡は初代魔王使い様の死後、【女神の天啓】を守る為、アルフラ様によって建てられたものだそうです。この不可思議な灯《あか》りもその御力《おちから》によるものでしょう」

ルインが建物内を興味深く観察していた為か、オリヴィアが解説してくれた。

「なるほど、そういうことですか。それであれが……？」

それほど広くはない空間にたった一つだけ存在している物を、ルインは指差した。

石台のようなものの上に、小さな箱が載っている。

「恐《おそ》らくはそうでしょう。ルイン様、少々お待ち下さい」

言ってオリヴィアは石台に近づくと、慎重《しんちょう》な手つきで箱を手に取った。

ルインも身構えていたが、しばらくしても、特に異変があるわけではない。

ほっとした顔で振り返ると、オリヴィアは箱を差し出してきた。

「どうぞ。これが……【女神の天啓】です」

一礼して受け取ると、ルインは箱を眺《なが》める。

何百年という歳月《さいげつ》を感じさせないほどに、新品同様の造りをしていた。

深呼吸し、箱の蓋《ふた》に手を触れると、思い切ってそのまま開ける。

「これは……」

中には、小さな首飾《くびかざ》りが入っていた。

銀の鎖《くさり》で繋《つな》がった先には、控えめな紅を宿す宝玉がある。

「……見ただけでは、とてもそうとは思えませんね」

正直に言えば、そこらの装飾品店《そうしょくひんてん》でも売ってそうな代物《しろもの》だった。

ただ箱同様に、宝玉もまた、時の経過を思わせぬほどの輝《かがや》きを宿している。

「確かにそうですわね。ですが、集めた情報に従えば、道具が封《ふう》じられた場所はここで間《ま》違《ちが》いはないはずです」

「承知しました。……つけても構いませんか？」

もちろん、と頷くオリヴィアの前で、ルインは首飾りを手にとった。

一体何が起こるのか、あるいは、何も起こらないのか――。

緊張《きんちょう》に鼓動《こどう》を高鳴らせながら、ルインはゆっくりと、装飾品を首から下げる。

そのまましばらく、どんなことがあってもいいように身構えていた。

オリヴィアもまたルインのわずかな変化も見逃《みのが》さぬというように、凝視《ぎょうし》している。

だが、数分経《た》っても尚《なお》、首飾りの先にある宝玉は反応を見せなかった。

ルインの体自体にも、特に影響《えいきょう》があったようには思えない。

試《ため》しにジョブの状態を確かめようと託宣《たくせん》を呼び出してみたが、これといって以前と違《ちが》うところがあるようには見えなかった。

「……どうですか？　ルイン様」

無言のままでいるルインにじれったさを感じたようにして、オリヴィアが尋ねてくる。

非常に答えにくいことではあったが、しかし、嘘《うそ》を吐くわけにもいかなかった。

「なにも……特に、なにもないようです」

正直に告げると、オリヴィアは「……ああ」と嘆《なげ》くような呟きと共に、床《ゆか》に手をついた。

力無く首を振り、消え入るような声で言う。

「そんな……お父様があれだけ苦労して見つけられ、命を懸けて守ったというのに。その首飾りは、魔王の手記に書かれたものではなかったということでしょうか……？」

「で、ですが、ここには明らかに超常《ちょうじょう》の力が働いています。オリヴィア様の言う通り、魔王使いのオレしか扉を開けられなかったみたいですし……どういうことでしょう」

「分かりません。あるいは……気が遠くなるほどの時を経た結果、道具の効力が切れたのかもしれません」

「……そんな、そんなことって」

ここまで来て無惨《むざん》な結果に終わってしまったことに、ルインは大いに動揺《どうよう》した。

「なんということでしょう。お父様の、わたくしのやってきたことは何の意味もなかったのでしょうか」

しかし、オリヴィアが抱《いだ》いているであろう悲しみは、それ以上だ。ルインは彼女を急いで慰《なぐさ》める為《ため》に、その場にしゃがみ込む。

「ど、どうか気を落とさないで下さい、オリヴィア様」

「ありがとうございます。ですがルイン様、本当に申し訳ありませんでした。貴方にはとんだ無駄足《むだあし》を」

「いえ。初代魔王使いのことを知る機会を頂けたのは、オリヴィア様と共に行動したからです。感謝していますよ」

嘘ではなかった。ルイン自身、改めて自分の力について考えることが出来たからだ。おかげで仲間達との絆も確かめることが出来た。それは何よりも得難いものである。

「そう仰《おつしや》って頂けると……ああ、でも、お父様。なんとお労《いたわ》しい……」

「……どうか立ち上がって。サシャ達の下へ戻りましょう。オレ達のことを待っているはずですから」

「そうですね……せめてこの場は切り抜けましょう」

ルインが差し出した手をとって、オリヴィアはゆっくりと立ち上がった。その顔は今にも泣き出してしまいそうだ。

「いけませんね。いつまでもこのようなままでは……」

それでも目を閉じると、彼女は気合を入れるよう、自身の頬を両手で叩《たた》いた。

「よし——ルイン様、参りましょう！　セオドラの手先である【霊《れい》の魔王】を、サシャ様達と共に打ち倒《たお》す為にも！」

やはり強い人だ、と思いながら、ルインは微笑《ほほえ》んだ。

そのままオリヴィアと共に、踵《きびす》を返すと、遺跡を出るべくして進み始める。

だが、足を踏み出した、まさにその時だった。

「……ぐっ!?」

ルインは——自らの心臓が、ひと際大きく動くのを感じる。

「これ……は……!?」

思わず胸を押さえるが、動悸《どうき》はまるで治まらない。それどころか勢いを増し、凄《すさ》まじい速さで血が全身を巡《めぐ》り始めた。

「ルイン様⁉　どうなさいました⁉」

オリヴィアが焦ったように声をかけてくるが、返す余裕《よゆう》すらない。

ルインは受け身をとることも出来ず、その場に転がった。

視界が明滅《めいめつ》し、覗き込んでくるオリヴィアの顔すらはっきりと見えない。

（なん、だ……ダメだ、このままじゃ……！）

なにが起こったかは不明だが、自分の状態が危《あや》ういのは確かだった。

ルインの脳裏《のうり》に『死』の言葉が過ぎり、吐き出す息がひどく乱れる。

次第《しだい》に暗くなっていく世界の中、ふとある物の輝きを見た。

それは、首にかけていた宝玉である。

先程までどこにでもあるように見えたそれが、眩《まばゆ》い光を宿していた。

明滅を繰り返しながら瞬《またた》く様は、まるで生物の呼吸を表しているかのようだ。

（この首飾りが原因、なのか……一体、なんの――）

考えられたのはそこまで。

ルインは――全てが遠くなっていくのを感じた。

第三章 ―― かの者は降臨す

The demon lord tamer's strongest domination

「……あれ？」

気が付いた時、ルインはそれまでとは全く違う場所に居た。

オリヴィアに助けられた時のことを思い出し、一瞬、時間を遡《さかのぼ》ったのかと思ったが――

そうではない。

周囲は真っ白に染め上げられており、一切の物質が存在していなかった。

床と壁も見えないせいで、立っている場所の規模が全く掴めず、途方《とほう》もなく広い空間であるように思えるし、逆に身動きがとれぬほど狭《せま》いところであるようにも思える。

（なんなんだ、ここは……どうなっているんだ？）

どう見ても普通《ふつう》ではない。

世界のどこか、というよりも、そこから大きく外れてしまっているようにすら思えた。

（まさか……オレ、死んだのか？）

咄嗟《とっさ》にそう思って、絶望的な気分になる。

アルフラ教の教えによれば、死んだ人間の魂《たましい》は導かれるまま、やがて煉獄《れんごく》と呼ばれる世界へ辿り着くという。

そこで女神によって生前の罪を裁かれ、許された者はアルフラの下で幸せな死後を過ごし、そうでない者は己《おのれ》の行いを悔《く》い改めるべく、地下深くに存在する冥界《めいかい》という場所で、永劫《えいごう》終わらぬ苦行を強《し》いられるそうだ。

「じゃあ、ここは、煉獄か……？」

冗談《じょうだん》みたいな話だが、笑い飛ばすには現実感があり過ぎる。

（そんな……オレはまだ死ぬわけにはいかないのに……）

やらなければならないことが山ほどある。それにサシャ達を置いてきたままだ。

（どうにか現世に戻ることが出来ないか……？）

今ならまだ間に合うかもしれない。そんな根拠《こんきょ》のない考えで辺りを観察していると、

「……無駄《むだ》なことはおやめなさい」

不意に、頭上から声が響き渡《わた》った。

反射的にルインが天を仰《あお》ぐと――そこには、一人の女性が浮遊《ふゆう》していた。

栗色《くりいろ》の美しい髪を長く伸ばし、滑《なめ》らかな素肌《すはだ》を直接、純白の布で包み込んでいる。

その目は穏《おだ》やかで透《す》き通っており、涼《すず》やかな湖面を思わせた。

だがそれでいて圧迫感のようなものを覚え、見つめられているだけで、体の芯《しん》から震《ふる》え上がりそうになる。

なぜ、と言われると答えようもないが、しかし確かにルインは女性から、厳然でいて神秘的な雰囲気《ふんいき》を感じ取っていた。

「あなたは……？」

自然と居住まいを正し、ルインが尋ねると、女性はやがて目の前まで降りてきた。

音もなく地に足を着けると、瑞々《みずみず》しい果実を思わせるような唇《くちびる》を震わせて喋《しゃべ》る。

「初に目にかかりますね、人の子、ルインよ」

男とも女ともつきかねる、老人にも子どもにも思える、不可思議な声だった。

「私の名は――アルフラ」

その瞬間。ルインは何を言われているか、理解がまるで追いつかなくなった。

「アル、フラ……？」

その名を持つ者は、世界にただ一人しかいない。

ルインだけではない。誰もが知っていた。知らぬ者は居ないはずだった。

なぜなら――。

「貴方《あなた》達が、女神と呼ぶ者です」

それは、全てを統《す》べる存在だからだ。

「ア、アルフラ様⁉　まさか……え、いや、でも……」

混乱しながらも、ルインの中にいるどこか冷静な部分が告げていた。

このおおよそ異空間ともいえる場所が女神によって生み出されたのだとすれば、何もおかしいことはないと。

「落ちつきなさい、ルイン。恐れることはありません」

そう言われても、はいそうですかと受け入れるのは不可能だ。

しかしまずは礼儀《れいぎ》を払《はら》うべきだと、ルインは慌《あわ》ててその場に跪《ひざまず》き、頭を下げた。

「ほ、本物のアルフラ様ですか……？」

本人――と表現することが正しいかは別として――を前にして間抜《まぬ》けだと思いながらも、訊《き》かずにはいられない。

女神アルフラは世界を創造し、精霊《せいれい》と、魔族《まぞく》と、動物と、最後に人間を生み出した。

そんなことは、幼い頃《ころ》から嫌《いや》になるほど聞かされてきたことだ。

しかしルインにとっては遠く――気が遠くなるほど遥《はる》か昔の話であり、その存在もほとんど絵空事のようにすら思えるほど、現実味のないものだった。

それが突然《とつぜん》、何の前触《まえぶ》れもなく目の前に現れたのだから、誰だって同じことをするだろう。

「ええ。私はアルフラ。この世界を創り出した者です」

が、やはり、間違いはないようだ。尤《もっと》も間違いであったとしても、ルインには確かめる術がないのだが。ひとまずは、受け入れるしかない。

「……そ、そうですか。あの、もしかしてオレ、死んだんですか？」

次に確かめなければならないのは、そのことだった。

もし目の前に居るのが本物のアルフラであるなら、考えられることは一つだ。

原因は不明であるものの、ルインは死に、煉獄へと導かれた。

そして今から女神より、冥界へ堕《お》ちるか否《いな》かの裁定が下されるのだ。

「いえ。貴方は死んではいません」

だが、アルフラからもたらされたのは意外な答えだった。

「死んでない……？　え、なら、どうしてオレは女神様の下へ？」

「貴方が、私の創り出した道具を身に着けたからです」

「それって……この首飾り、ですか？」

ルインは、未《いま》だ自分の首元にある宝石を触《さわ》りながら言った。

「ええ、その通り。その道具には、魔王使いのジョブを持つ者が装備した瞬間、私の下へ呼び出されるように仕掛《しか》けが施《ほどこ》されています」

「え……な、なら、【女神の天啓《アルス・ギフト》】の効力は切れていなかったということですか⁉」

ルインの問いかけに、アルフラは無言で頷く。

（そうか……オリヴィア様、どうやらあなたと国王様の努力は無駄ではなかったようです）

ルインが喜びを抱く一方、アルフラは穏やかだが、淡々《たんたん》とした調子で言った。

「ルイン。魔王使いの力を持つ、人の子よ。貴方を召喚《しょうかん》したのは他でもありません。語らなければならない、重要な話があります」

「……なんでしょうか？」

道具を通して呼んだ以上は、この首飾りに関係することだろう。

そう踏んだルインに対して、アルフラは透き通るような声で告げてきた。

「――今すぐその道具の使用をやめなさい」

「え……？」

どういう意味だ、とルインが眉《まゆ》を顰《ひそ》めると、アルフラは表情を変えぬままで続けた。

「貴方が身に着けているその道具を、今すぐこの場で捨てなさいと言ったのです」

「な、なぜですか？　この首飾りは、魔王使いの力を真に覚醒《かくせい》させると聞きましたが」

「ええ、その通り。ですがそれは、人の身には過ぎた代物なのです。貴方も初代魔王使いの辿《たど》った顛末《てんまつ》は知っているでしょう」

「それは、そうですが……」

「かつて魔王使いとなった男は道具によって更に人智《じんち》を超《こ》えた力を持つに至り、あろうことかこの私にすら牙を剥きました。私は自らの生み出した道具の危険性を知り、一旦《いったん》は破《は》壊《かい》しようとしたのです。しかし、考えを改め、仕掛けを施すに留《とど》めました。それが、再び魔王使いとなる者が道具を手に入れた時、私の下へ転送されるというものです」

「なぜそのようなことを？」

　単純に考えれば、魔王使いに道具を使わせることを避《さ》けたい場合、ただこの世界から消し去ればいいだけの話だ。元々女神が生み出したものなのであれば容易なことだろう。

「それは、貴方が知る必要のないこと。ルイン、人の子よ、貴方が今やるべきは選択《せんたく》すること。ただそれのみ。その道具を捨て、元の場所へ戻りなさい。もし否と答えるのであれば――」

　アルフラが目を細める。ただそれだけの仕草であるにもかかわらず、ルインは怖気《おじけ》立った。

　まるで天を衝くほど巨大な生き物から殺意を向けられたような、息苦しい程《ほど》の威圧を感じたからだ。

「貴方《あなた》を、かつての魔王使いと同じ不穏《ふおん》分子と判断し、この場で消去します」

そうか――とルインはそこで悟《さと》った。

アルフラが道具を壊《こわ》さなかったのは、魔王使いであるルインがそこまで辿り着いた時、自らの目でその正体を確かめる為だったのだ、と。

女神の命に素直《すなお》に従う人間か、あるいは、逆らうような危険思想の持ち主か――。

欲望に塗《まみ》れた者であれば、相手が女神でも道具を使うべく、強引《ごういん》に立ち向かうかもしれない。それならそれで放っておけば厄介《やっかい》になるかもしれない者を、今の内に自らの手によって排除《はいじょ》すればいいのだ。どの道、己の世界には不要なものだから、と。

善人だろうと悪人だろうと、一つの命を自分の駒《こま》のようにしか見ていない。

正しく、神、と呼ばれる上位の存在に相応《ふさわ》しいやり方だった。

「どうしたのですか？　早く決断しなさい。貴方のことはずっと見ていました。【死の魔王】サシャと共に成そうとしていることにはいささか異を唱えたい心はありますが、それもまた人の子が決断したことであれば私は尊重します。それ以外では、ルイン、貴方はとても誠実な人間です。私の言うことが分からぬような者ではないと思いますが？」

慈《いつく》しむような声で述べるアルフラに対し、ルインは無言のままでいた。

だが――やがて、こうするしかないのだと、その顔を上げる。

「いいえ。アルフラ様。あなたの言うことは聞けません」

はっきりと、自身の中で出た結論を口にした。

アルフラはわずかに目を見開く。まさかそんな答えが返ってくるとは思っていなかった。

そんな表情に見える。

「なぜ、ですか？　貴方もまた利己的な考えの基、道具を使いたいと？」

「いいえ。ですが【女神の天啓】が伝承通りの力をもつのであれば、魔王セオドラを倒すのに必要となってくるはずです。今ここで捨てるわけには参りません」

「過ぎた力をもつことはいずれ大きな不幸を招きます。道具に頼《たよ》らず、魔王使いの力のみでセオドラに勝とうとは思わぬのですか？」

「もちろん、それが出来れば一番良いのかもしれません。ですが、オレには仲間が居ます。彼女達を救う為には、何よりも確実な方法をとらなければならないんです。道具がその一助となるのなら、譲《ゆず》るつもりはありません」

「……ルインよ。貴方は何か勘違《かんちが》いをしているようですね」

唐突《とうとつ》に。周囲の空気の、重みが増した。

比喩《ひゆ》ではなく、押《お》し潰《つぶ》されそうなほどの圧迫《あっぱく》に、ルインは思わずその場に蹲《うずくま》る。

「これは創造主たる私の命令なのです。捨てろ、と言ったら、捨てなさい」

アルフラの、一言一言が鉄槌《てっつい》のようにして、ルインの背に降り注いできた。

これは――怒《いか》りだ。

女神のルインに対する憤《いきどお》りが、力となって実現化し、直接的に襲い掛《か》かってきている。

積み重なる感情の発露《はつろ》は、そのまま、ルインを地面に叩きつけようとしてきた。

――それでも。

「いいえ」

それでも、ルインは、決して逃《に》げなかった。

顔を上げ、世界の管理者であるアルフラを真っ向から見つめると、躊躇することなく言い放つ。

「捨てません。この道具を使わせて下さい」

「……神の意思に逆らう、というのですか?」

最後通告だ――と言外に含《ふく》むようにして、アルフラの口調が更に重みを増した。

「……それが」

ルインは喉《のど》を鳴らし、苦しみに耐えながらも、臆《おく》さずに続ける。

「それが――必要で、あるならば」

「不敬者がッ!!」

アルフラが突き刺《さ》すような声と共に手を翳すと、虚空《こくう》から鎖が出現した。

それは瞬く間にルインの四肢《しし》を縛《しば》り付けると持ち上げ、そのまま場に固定する。

「愛すべき人の子として対話を許したというのに、なんと嘆かわしいことを」

強制的に両手両足を広げられ無防備になった状態のルインに対して、アルフラは続けた。

「貴方の力は私なくして在り得ないということを忘れたのですか？」

「……いいえ、忘れては……いません」

抵抗《ていこう》しようとしたが鎖は微動《びどう》だにしなかった。腕と脚《あし》を締《し》め付ける激しい痛みに顔を顰めながらも、ルインは答える。

「あなたのおかげで魔王使いになれたことには……感謝しています」

「ならば従いなさい。その力は貴方のものではない。私が一時的に貸《か》し与《あた》えているだけのこと。よって全ての決定権は私にあるのです」

「……お断りします」

鎖の締め付ける力が倍増した。骨が激しく軋《きし》み、ルインは思わず声を上げる。

「ルイン、貴方はいつからそのように傲慢《ごうまん》な人間になったのです。私が見ていた貴方はそうではなかった。正しい選択をしなさい。後悔《こうかい》の無いように」

「していますよ……オレはずっと、してきたんだ」

脳を焼くような刺激《しげき》の中で、ルインは告げた。

「後悔が無いように。オレが……オレが正しいと思う選択をしてきた」

睨《にら》み付けてくるアルフラを見返して、己の心が思うがままに。

「だから今は私に逆らっていると、そういうことですか?」

「……その通りです」

アルフラが目を細め、指先を振《ふ》る。鎖の数が更に増え、何重にも亘ってルインの腕と足を固めた。

「戯《たわ》けたことを……。体面の良いことばかり言っていますが、所詮《しょせん》は貴方もかつての魔王使いと同じだったのですね。少し人より優《すぐ》れた力を持ったが故にそれに溺《おぼ》れ、己に都合の良い欲のままに動いている」

「……違います」

「嘘をつきなさい!」

雷《いかずち》のような、アルフラの怒声《どせい》が迸《ほとばし》る。

「いいでしょう。言うことを聞かぬというのであれば私がやるべきことは一つだけ。ルイン、ここで貴方を消去します。私の選択は世界の選択。それに抗《あらが》うというのであれば――この世には不要ということですから」

アルフラの背後に、音もなく何かが現れた。

それは、無数の武器だ。

剣、槍《やり》、斧、矢、空に浮《う》かぶありとあらゆる刃、その全てがルインに狙《ねら》いを定めてくる。

「せめて哀《あわ》れみましょう、ルイン。魔王使いの力に目覚めたばかりに、このような運命を辿るとは」

アルフラはルインに対し、悲《ひ》哀《あい》の眼差《まなざ》しを向けたまま、最後に告げた。

「貴方であればあるいは、セオドラを打ち倒せたかもしれません。ですがこれで全ては終わりです。貴方と魔王サシャの夢は、潰《つい》えた」

聞き分けの無い子どもを、愛情を持って叱《しか》るようにして。

「しかし貴方の配下となった魔《ま》王達《おうたち》はある意味で幸運だったかもしれません」

だが、その言葉が。

「主の暴走を見ずに――済んだのですから」

アルフラにとっては何気なく紡《つむ》いだであろう、その言葉が。

何より、ルインの心に、火を点《つ》けた。

「ぐっ……」

両の拳《こぶし》を強く握《にぎ》り締め、全身に力を込める。動け。動け、と念じながら。

「無駄です。貴方が如何《いか》に体を鍛《きた》え上げ、【魔王使い】の恩恵《おんけい》を受けているとしても、やはり人間。魔族に比べても脆弱《ぜいじゃく》なその身で、私の力を破ることなど出来ません」

アルフラの言う通りだった。神の力で生み出された鎖だ。通常の物とは強度がまるで違う。どれだけ抵抗しようとも、まるで通じる気配がなかった。

「くそ……！」

だがルインは諦《あきら》めない。自らに備わった全ての力を結集し、束縛《そくばく》から逃《のが》れようとする。

「ぐ……あ……ああ……ッ！」

何より強い、絶対的な意志の下、目の前に立ちはだかる全ての道理を砕《くだ》き割ってでも進もうと挑戦《ちょうせん》した。

そんなルインを見るアルフラの目に、憐憫《れんびん》の色が宿る。

「貴方の気持ちは分かります。ですが何をしても無駄ですよ。人は神には逆らえない」

「……っ……ああ……ッ！」

アルフラの言葉など耳に入っていない。歯が折れんばかりに食《く》い縛り、脳が真っ白になるほどに集中し、全身全霊《ぜんしんぜんれい》を懸《か》けてルインは抗い続けた。

「無駄であると、何度言えば――」

「ああああああああああああああああああああああああああああああああっ！」

そして。

──ルインは、その場から一歩、踏《ふ》み出した。

「……なに？」

神の鎖に縛られたまま、じれったくなるほどに遅い足取りで、一歩、また一歩と、アルフラに向けて進んでいく。

「馬鹿な……私の力が……!?」

初めてアルフラの顔に動揺が浮かんだ。彼女《かのじょ》にとっても想定外のことであったようだ。

ルインは鎖の束縛を強引に無視すると、少しずつ両手を動かしながら、意識を集中した。

喉の奥《おく》から絞《しぼ》り出した声で、力強く唱える。

「魔装《まそう》──覚醒……ッ！」

轟、と闇深《やみふか》き炎《ほのお》が唸《うな》りを上げた。ルインは手を差し入れると、長剣《ちょうけん》を抜《ぬ》き取る。

「……何故《なぜ》、そこまでするのです」

まるで理解できない──といった様子で、アルフラが尋《たず》ねてきた。

「何故、人の身である貴方が、そこまで出来るのです……!?」

「……【女神の天啓】は、捨てません。でもここで死ぬわけにも……行かないんですよ」

乱れる呼吸を整えながら、ルインは得物を構える。

この状態でまともに戦えるのかどうか分からない。

だが、そんなことはどうでもいい。

立ち向かわなければ――自分で自分を、許せなくなる。

「今ここであなたに殺されれば……あなたは、オレのことをかつての魔王使いと同じだと思ったままになるでしょう。それは……それだけは、絶対に駄目《だめ》だ」

ルインの脳裏に、ここへ来る前のサシャ達《たち》の姿が過ぎる。

「オレを信じて送り出してくれた仲間達を侮辱《ぶじょく》されるのと、同じことになるッ……！」

戻《もど》らなければならないのだ。彼女《かのじょ》達の為に。

――ルイン。私を信じて。私もあなたを信じて耐《た》え抜く
リリスと約束を交わした、あの場所に。

「だからオレは！　絶対に死なない！」

相手が誰であろうと構わない。今はただ、己の定めた意志を貫《つらぬ》くのみ。

「神であるあなたが立ちはだかるというのなら……！　それを倒すだけだッ‼」

「愚《おろ》か者め……ッ！」

アルフラが手を振ると、背後に控《ひか》えていた武器が動き出した。

それらは視認《しにん》不可能な速度でルインへと迫《せま》る。

「オオオオオオオオオオオオオっ！」

だがルインは咆哮《ほうこう》と共に鎖に縛られたまま刃《やいば》を無理やりに振るい、全ての攻撃《こうげき》を防ぎ、弾《はじ》き、流していった。

瞠目《どうもく》したアルフラが手を掲げると、嘶《いなな》くような音が鳴り響《ひび》く。

暗雲が立ち込《こ》め、ルイン目掛《めが》けて雷が幾《いく》つも落ちてきた。

しかし、ルインは縛られた状態のまま、それでも全てを最低限の動きで回避《かいひ》する。

次いで、そのまま前へと突っ込んだ。

まさか向かってくるとは思っていなかったのか、隙《すき》を突かれてわずかに動きを止めるアルフラへ向け、長剣の切っ先を突き入れる。

咄嗟に彼女が手を払うと、剣は誰かに引っ張られたように明後日の方を向いた。

だがルインは即座《そくざ》に【破断《はだん》の刃】を消し、代わりに取り出した得物を向ける。

「吼《ほ》えろ――【海竜《かいりゅう》の咆哮《ほうこう》】ッ！」

腕《うで》に装着された砲身《ほうしん》が鼓膜《こまく》を打ち破らんばかりの唸りを上げ、超長大《ちょうちょうだい》の水撃を放った。

アルフラはそれをまともに受けると、背後へと大きく吹《ふ》き飛んでいく。

同時にルインへと多大な反動が襲《おそ》い掛かったが、鎖の拘束《こうそく》があったおかげでその場に止まる。受けた衝撃波《しょうげきは》が伝わったのか、あるいは攻撃を喰《く》らったアルフラの集中が途切《とぎ》れたのか、縛り付けられていた鎖が無惨に砕け散った。

ようやく自由の身になったルインは、その場に膝《ひざ》をつく。

(最上段階の【海竜の咆哮】をほぼ零距離《ぜろきょり》で放った。あるいは……)

と希望を持ったのも束《つか》の間。倒れていたアルフラは、すぐにその場から立ち上がる。

「無礼な真似《まね》を！」

さすがは創造主というべきか。ロディーヌですら一発で沈んだ砲撃《ほうげき》を受けて尚、さほど傷を負った気配はない。

「あまり調子に乗らぬことです、人の子よ！」

アルフラの声と共に、空間内を再びあらゆる武器が埋《う》め尽《つ》くした。

それらが一斉《いっせい》に向かってくるのと同時、彼女は巨大《きょだい》な竜巻《たつまき》と、太陽と見紛《みまが》うばかりの炎の塊《かたまり》に、巨山《きょざん》が動いたかのような岩をぶつけてくる。

だがルインはあらゆる軌道《きどう》を瞬時《しゅんじ》に見極《みきわ》めると、アルフラへ距離《きょり》を詰《つ》めながらほとんどをかわしていく。避けきれないものに関しては【爆壊《ばっかい》の弓】や【獣王の鉄槌】に【海竜の咆哮】を使い分けながら時に防ぎ、時に無効化していった。

その間に【孔滅《こうめつ》の槍】を使い、アルフラの死角から幾つもの矛先《ほこさき》を突き入れていくと、彼女は素手《すで》でルインの放った武器を的確に受け流していく。

が、相手がどこから現れるか分からない攻撃を警戒《けいかい》している内に、ルインは懐《ふところ》へと入り込み【破断の刃】を振るった。

アルフラが、己に向けられた攻撃に対し、咄嗟というべき動きで手を突き出した。

ただそれだけで暴風の如《ごと》き衝撃波が起こり、ルインは凌《しの》ぎきれずに後方へと追いやられる。だが空中で身を翻《ひるがえ》して着地すると、再びアルフラと向かい合った。

(さすがアルフラ様だ。力が衰《おとろ》えていると聞いていたが、それでもこれまで戦ってきた相手とは格が違う)

だが、驚《おどろ》いていたのはルインだけではなかったようだ。先程《さきほど》まで余裕を見せていた女神の顔には今、確かな焦《あせ》りが浮かんでいる。

「なんという戦いを……魔族、いや、魔王《まおう》ですらこのようなことは出来ません。ルイン、貴方は一体……」

だが彼女はそこで我に返ったかのようにして、首を横に振った。

「いえ……だからこそ、ここで排除しなくては。貴方のような人間を再び世に放つわけには参りません!」

アルフラが手を掲《かか》げると、ルインの周囲に大きな影《かげ》が差した。

嫌な予感と共に見上げると——そこには、想像を絶する物体が浮かんでいる。

拳だ。

鉄とも鋼ともつかぬ金属によって造られた、その全長さえ掴《つか》めぬほどの巨大すぎる拳が視線の先にあった。

「神の裁きを受けなさい。人の子、ルインよ。貴方は私の世界に生きるには――あまりにも、埒外《らちがい》です」

アルフラが言い放つと共に、その手を振り下ろす。

直後、あらゆるものを撃《う》ち砕く驚異《きょうい》の拳がルイン一人に向かって降ってきた。

ルインの中に、刹那《せつな》の迷いが生まれる。

（避けるか。いや、そんな暇《ひま》はない。なら何かの魔装で砕く？　出来そうにもないな）

あらゆる手が無効化されてしまうかのような威圧《いあつ》を前にして、人間の小賢《こざか》しい知恵《ちえ》など通用するはずもなかった。

（だったら――いっそ……！）

馬鹿正直にやるしかない。

ルインは両手を広げ、視界に収まりきらぬ規模を持つ拳を迎《むか》え撃った。

「なにをするつもりですか？　まさか……」

そんなことが出来るはずもない、という想《おも》いを抱いたかのような顔をするアルフラを前

にして、

「やるしかないなら……やるだけだッ！」

ルインは、その身一つで、真っ向から拳を受け止めた。

「おおおおおおおおおおおおおおおおおおおおおおおっ！」

筆舌《ひつぜつ》に尽くし難い重量が、一気に襲い掛かってくる。

受け止められるはずもない。立っていることすら不可能だった。

「あああああああああああああああああああああああっ！」

ルインは絶叫《ぜっきょう》し、膝をついた。だが意地でも、それ以上崩《くず》れはしない。

少しでも気を抜けばそのまま押し潰され、跡形《あとかた》もなく消え去るだろう。

故に全神経を、今、この時に集中させた。

「……出来るはずがない……」

アルフラが言った。確信をもって。

「人の身で、出来るはずが……！」

だがその声にはほんのわずかに、恐怖《きょうふ》が含まれていた。

ルインであれば、あるいは。

今までの戦いで、そのような気持ちが彼女の中に生まれたのだろう。

期待されたのであれば、応えなければならない。

ルインは体から上がる悲鳴の一切《いっさい》を無視し、強引に起き上がると、大地を渾身《こんしん》の力で踏みしめた。

そうして笑《え》みを浮かべてみせると、全身の血液が沸騰《ふっとう》する感覚のままで――。

「喰ら……ええええええええええええええええええええっ！」

拳を、アルフラ目掛けて放り投げる。

己に向かってくる超常《ちょうじょう》の物体を、彼女は呆然《ぼうぜん》と見つめるだけだった。

あまりに現実離《ばな》れし過ぎた事態を前に、神の身でありながら反応することが出来ないようだ。

が、それでも直前で失っていた自分を取り戻すと、アルフラは拳に向かって手を翳《かざ》した。

「消えなさい……！」

その声と共に、拳は音もなく木端微塵《こっぱみじん》に砕け散る。

ほっとしたような顔を見せるアルフラだったが、刹那、その表情が強張《こわば》った。

ルインが、彼女の眼前に肉薄《にくはく》していたからだ。

「吼えろ。【海竜の咆哮】ッ！」

再び間近で魔装を放つ。

激流がアルフラを遥か彼方《かなた》まで吹き飛ばし、ルインもまた同じ勢いで彼女と離れた。

だが先程とは違《ちが》い、一つ段階を落としていたおかげで、堪え切れないほどではない。

衝撃《しょうげき》に翻弄《ほんろう》されるまま手を動かし【獣王の鉄槌】を放った。

どこまでも伸《の》びる鎖《くさり》がアルフラの体を縛るのを確認《かくにん》すると、そのまま上へと持ち上げる。

彼女が仰向《あおむ》けになったまま地に落ちた自分の視線の先まで来るのを確認すると、そこで再び【海竜の咆哮】へと武器を変更《へんこう》。今度は最大の威力《いりょく》をもって水砲《すいほう》を放った。

凄まじい反動に全身が限界を訴《うった》えてくるが、無理矢理《むりやり》に意識の外側へと追いやる。

そうして【爆壊の弓】に持ち替えると、すかさずアルフラに向けて弦《げん》を引き絞った。

間断なく、十本の矢を射《う》ち続けていく。

全てが連結し、女神《めがみ》の身に直撃《ちょくげき》すると、尋常《じんじょう》ならざる爆撃《ばくげき》を巻き起こした。

濛々《もうもう》と広がる煙《けむり》の中から、アルフラが落下してくる。

ルインは己の身に鞭《むち》を打ち、即座に立ち上がると、地面を蹴《け》って跳躍《ちょうやく》した。

高速でアルフラへと近付いていくと、虚《うつ》ろになっていた彼女の目が大きく見開かれる。

「待ちなさい。これ以上は……！」

だが構わず、ルインは落下するアルフラより上に移動すると、そのまま全力で【破断の刃】を振るい、彼女に叩きつけた。

その一撃《いちげき》で落下速度を増したアルフラが地面へと激突《げきとつ》し——ルインは最後にもう一度、【海竜の咆哮】を彼女へと向ける。

「吼えろ——」

制止するように手を向けるアルフラに対して、ルインは言い放った。

「【海竜の咆哮】！」

三度目となる絶対的な破滅《はめつ》の一撃が、神の身を容赦《ようしゃ》なく撃ちのめす。

同時に受けた反動に翻弄されるまま、ルインはまた更《さら》に真上へと上がり、やがては同じ速度で落下した。

受け身をとる余力もなく地面に転がった為《ため》、体の各所に強烈《きょうれつ》な痛みが走る。

だがそれでもすぐに起き上がり、再び勢いよく駆《か》け出した。

そうして、倒《たお》れているアルフラのすぐ前までくると——呼び出した【破断の刃】を、真《ま》っ直《す》ぐ向ける。

喉元《のどもと》に刃を突きつけられて、彼女は息を呑《の》んだ。

「……貴方のような人間が、存在するとは……」

ありえないものでも見るような目を向けられ、ルインは内心で苦笑《くしょう》する。

（まさか神様にさえ言われることになるとはな……）

色々なヒト達から同じことを口にされたが、行き着くところまで行った気がした。

「私が最初に生み出した時……人は脆弱で、誰《だれ》かと助け合わなければ生きていけませんでした。そのように私が造ったからです。ですが……貴方は、あまりにそれと違い過ぎる。ハイレア・ジョブが備わっているからといって、そこまでの領域に達するとは」

「アルフラ様の力が減退しているからではありませんか。そうでなくてはオレはここまで戦えませんよ」

「確かに、それはあるでしょう。今となっては私の力はかつての半分――いえ、それ以下かもしれません。ですがそれでも、人間を相手にこうも追い詰められるとは」

アルフラの見た目は、先程とあまり変わらない。仮に傷を受けていたとしても、神なる身であるが故、すぐに回復できるだろう。

それでも何もする気配がないのは、今までの戦いを通して、ルインに何か思うところがあるのかもしれなかった。

「……私を、斬《き》らないのですか？」

やがて、ルインが得物を向けたまま何もしないのを見て、アルフラが訊いてくる。

「神である私に死という概念《がいねん》はありません。それでも貴方が私の身を斬れば、実体としての姿を保つことが出来ず、しばらくの間は世界から消え去るでしょう。それで、貴方は元の世界に戻ることが出来る。新たにジョブを得る者は少しの間、居なくなりますが、それも私が復活すればすぐにまた元の状態へと戻る」

「……あなたが消えている間、オレはこの道具を使うことが出来ると？」

「その通り。私にとっては一瞬《いっしゅん》ですが、人間や魔族にとっては十年ほどでしょうか。セオドラを倒すには充分《じゅうぶん》でしょう」

ルインはアルフラの話を聞き終えて、須臾《しゅゆ》の間、黙《だま》り込んでいた。

だがやがて、静かに答える。

「確かに、そうですね。ここであなたを斬れば、全ては解決する。……ですが」

手に持っていた【破断の刃】を消し去ると、首を横に振った。

「それはオレの本意じゃない。オレはアルフラ様、あなたを殺したいわけではないんです。ただ、許してほしい。世界を、大事なヒト達を救うために必要な力を、使うことを」

次いでルインは、アルフラに対して深々と頭を下げた。

「お願いです。セオドラを倒すまでの間だけでいい。オレに道具を貸して下さい。あなたの力を……どうか」

アルフラは、何かを考えこんでいるように、口をつぐんだ。

これでダメなら、このまま彼女を倒すしかない。

出来ればその結末だけは避けたいが——とルインが緊張《きんちょう》していると、

「……なるほど」

アルフラが、清らかな声で言った。

「いいでしょう。セオドラを倒すまでの間という条件であれば、ルイン、貴方に【女神の天啓】の使用を許します」

「ほ、本当ですか……⁉」

「ええ。神を圧倒《あっとう》するほどの強さを持ちながら、それでも尚《なお》、力による圧を好まず。誠意を尽くし、ただ、こい願う。どうやら私は、貴方という人間を見誤っていたようです」

アルフラは立ち上がると、慈愛《じあい》に溢《あふ》れた眼差しでルインを見つめてくる。

「貴方はかつての魔王使いとは違う——決して力に溺れず、己《おのれ》の初志を貫徹《かんてつ》し、事を成《な》し遂《と》げるでしょう。そのような者に、私は神として救いを与えます」

「あ、ありがとうございます！　その、すみませんでした。成り行きとは言え、女神様相手に乱暴なことを……」

今更《いまさら》ながらに申し訳なさがこみ上げてきて、ルインはもう一度、謝罪の意味を込めて頭を下げる。

それに対して、アルフラはくすくすと微《かす》かな笑みを漏《も》らした。

「本当に不思議な子ですね。魔王すら凌ぐような戦いを展開したかと思えば、年相応の子とも思えるような態度をとる。この私の目をもってしても、ルイン、貴方と言う人間の底を知ることが出来ませんでした」

「……え、ええと、恐縮《きょうしゅく》です」

なんと返していいか分からず、それだけ言って、ルインは頭を掻《か》いた。

「さぁ、ルイン。元の場所へと返しましょう。大事な仲間が待っているのでしょう?」

「は、はい。よろしくお願いします!」

アルフラはルインに向かって手をかざしたものの、そこで動きを止め、思い詰めたような顔をした。

どうしたのか、とルインが思っていると、やがて彼女は再び喋《しゃべ》り始める。

「……私が最初に生み出した魔族は、欲望のままに同族同士で殺し合い、美しい大地をその血で穢《けが》しました。だからこそ、私自らの手でほとんどを滅《ほろ》ぼしたのです。しかし……サシャ達と貴方を見ていると、その選択は正しかったのだろうかと、ふとした疑念を抱《いだ》きました。私は、あまりに早計だったのではないかと……」

その美しい顔に、後悔を滲《にじ》ませながら、

「今となっては遅《おそ》すぎること。ですが……貴方と仲間達の想いが成就《じょうじゅ》されることを、私はここで祈《いの》っています。力のほとんどを失った身には、そうすることしか出来ませんから」

「……。アルフラ様。一つ訊《き》きたいことがあるんですが、いいですか？」

「なんでしょう？」

ルインは一瞬の迷いでわずかに下を向き、だがすぐに女神と視線を合わせた。

「貴方は最初からオレを試《ため》すつもりで、あんな手を使ったんじゃないですか？　殺すつもりなんてなく、オレがどんな人間かを見極めようと。オレがかつての魔王使いと同じではないと、確かめようとした……違いますか？」

なんとなく、そう思ったのだ。

アルフラは少しだけ驚いたような様子を見せたが、すぐに片目を瞑《つぶ》り、まるで悪戯《いたずら》っ子のような顔を覗《のぞ》かせた。

「さて、どうでしょう。全ては神のみぞ知る、といったところです」

今度はルインがきょとんとする番だった。

まさか、神様が冗談《じょうだん》を言うとは思わなかったのだ。

が、すぐに笑い、

「じゃあ、最後にもう一つだけ。あなたを斬ればオレは元の世界に帰ることが出来るというところまでは本当かも知れませんが、道具を使えるというのは嘘《うそ》ではないですか？」

神ともあろう者がそう簡単に消えるわけがない。もしルインがアルフラに止めを刺そうとすれば、その時点で元の場所に戻され、強制的に【女神の天啓】も取り上げられていたのではないだろうか。

「あら……よく分かりましたね。賢《さか》しい子」

幼い子を褒《ほ》めるように言って、アルフラは優《やさ》しい手つきでルインの頭を撫《な》でた。

「貴方のような人間が魔王使いとなって、本当に良かったと思います。道具を壊さずにいて良かった。力を持ってもそれに支配されない、真の強さと誇《ほこ》りを持つ者が人間の中にも必ずいるはずだと――」

アルフラの言葉を、最後に。

「――希望を捨てない意味は、ありました」

ルインの世界は、再び暗闇《くらやみ》に包まれた。

「あ、やっぱりここに居た」

お気に入りの場所でくつろいでいる時に誰かから邪魔《じゃま》されることほど、不愉快《ふゆかい》なものはない。特にうつらうつらしていて、そろそろ眠《ねむ》りに入ろうかと思っている時などは、殺意が湧《わ》いてしまうほどだ。

だがなぜか彼女を相手にすると、確かにあった憤りが、どこかへ消えてしまう。

「……なに？　レオーナ」

巨木《きょぼく》に生える枝の上で寝転《ねころ》がっていたリリスは、気怠《けだる》い気持ちでゆっくりと上体を起こし、顔を後ろへと向けた。

そこには木漏《こも》れ日《び》の下、猫《ねこ》にも似た耳を揺《ゆ》らした、赤い髪《かみ》をもつ少女が立っている。

「なにもないでしょう、リリス様。せっかく皆《みな》で宴会《えんかい》しようって言ってるのに、またこんなところで独りで居て」

「……別に私以外でやればいいでしょ。そういうの興味ないから」

「興味あるとか、ないとか、そういうことじゃないですよ。リリス様は魔王なんですから。配下の皆と交流するのも仕事の内です」

「レオーナが仕切ればいい。皆、私とお酒なんて呑みたくないだろうし」

「そんなことありませんよ。皆、リリス様と話をしたがっています。それなのにあなたはいっつも仏頂面《ぶっちょうづら》だし、いっつもこんな風に離れた場所でぼーっと日向《ひなた》の猫みたいにしているから、近寄り難《にく》いんです。責任とってリリス様から皆と接して下さい」

「……前から思ってたけど、レオーナって私の配下なんだよね。少し、言いたいこと言い過ぎてない？」

別に礼儀《れいぎ》を払《はら》えとまでは思っていないが、それでももう少し遠慮《えんりょ》というものがあるはずだった。

「あたしがちゃんと言わないと、リリス様はいつまで経《た》っても成長しませんからね」

「子どもじゃないんだから」

「年齢《ねんれい》から言えばあたしの方が上です。それにあたしは、リリス様の右腕《みぎうで》兼教育係なんです」

「別に頼《たの》んでない」

「そうです。だから勝手にやってるんです」

枝の上を進んできたレオーナに、リリスは手を引っ張られる。

「ほら、行きますよ。今日こそは逃がしませんからね」

「もう、面倒《めんどう》くさいな……」

仕方なく立ち上がったリリスは、レオーナに手を引かれるまま歩き始めた。

「リリス様、放っておくとあたし以外のヒトと全然話をしないんですから。心配なんですよ。もしあたしが居なくなったらどうするんです？」

「さあ。適当にやるよ」

「そんなこと言って。泣いて戻ってきてって言っても遅いんですからね」

「だから子どもじゃないって……」

「とにかく。リリス様に心許せる人が出来るまで、あたしは死んでも死に切れませんよ。だからこうして何度だって、お節介《せっかい》を焼いてあげます」

「余計なお世話って言葉、知ってる？」

レオーナはリリスの方を振り向いて、いつものように、にかっと快活に笑った。

「知りません。リリス様の為なら、そんな言葉、忘れちゃいます」

ああ、多分、そうだ。

自分がレオーナ相手に怒《おこ》れないのは、このせいだ。

夏空のように爽《さわ》やかで、人の心を自然と和《なご》ませてしまう、この笑顔《えがお》。

ふて腐《くさ》れて呟《つぶや》くリリスに、レオーナは「どうしました？」と首を傾《かし》げた。

「……ホント、ずるいな」

「なんでもない。レオーナが居なくなるわけないんだし。もう少し頼りにさせてもらう」

そうだ。そう思っていた。

彼女が自分の前から消えるなんて、遠い未来のことだと――。

そう、無邪気《むじゃき》に、信じていたのだ。

「……レオー……ナ……」

リリスは、脳裏《のうり》を過ぎる記憶《きおく》のまま、途切れ途切れにその名を呼んだ。

かつて自分と共にあった、何よりも大事な存在。

だが彼女は今、敵として立ちはだかっていた。

「……くっ」

全身を痛みが苛《さいな》む中、とても立ってはおられず、その場に跪《ひざまず》く。

自分だけではない。アンゼリカも、サシャも、差違《さい》はあるものの似たような状態になっていた。

ルインとオリヴィアが遺跡《いせき》へと向かってから、しばらく。

魔物達《まものたち》を相手に全力を以て対抗《たいこう》していたが、いくら倒しても回復し、元通りになる者達を前にして、やがては疲《つか》れが出始める。

その隙をつかれ攻撃を受け、リリスを含めた全員が、不覚にも傷を負ってしまっていた。

いや、原因は、それだけではないだろう。

生前と変わらぬ姿をするかつての部下達を前に、サシャ達は本気を出しきれてはいない。

リリスとて、同じだ。

理屈《りくつ》では分かっているのだ。目の前に居るのは、あの、自分が知っているレオーナではないと。

しかし、いざ本気を出そうとすると、どうしても彼女の顔がちらついてしまう。

殴《なぐ》りかかろうとすると、生きていた頃《ころ》の姿を思い浮かべてしまう。

(情けない……なにが魔王だ)

これでは魔族《まぞく》どころか、脆弱な人間と何ら変わらないではないか。

(感情を消して、冷徹《れいてつ》になろうとしても……振りじゃあ、ダメなのかな)

所詮は、付け焼刃《やきば》でしかないのだろう。

「どうされました？　リリス様」

と、そこで——目の前にいた巨大な虎《とら》、レオーナが声をかけてきた。

「らしくないですね。【獣の魔王】とまで呼ばれ、人間どもを震《ふる》え上がらせてきた方とは思えません」

「……そう」

「ええ。とても残念です。あまり簡単に殺せてしまうと、それはそれでつまらないものですよ」

やめて。リリスは悲鳴を上げたい気持ちを必死で抑《おさ》えこんだ。

(レオーナの、顔で……声で……)

そんな言葉を、吐《は》かないで。

『リリス様。あなたならきっと、大丈夫《だいじょうぶ》です』
不意に蘇《よみがえ》る、その言葉。
『あたしが居なくたって……きっと、誰かが……』
永遠だと思っていたのだ。愚かにも。
けれどレオーナは、あまりにもあっけなく、死んでしまった。
リリスが留守にしている間に、勇者パーティの襲撃《しゅうげき》を受けて。
抱《かか》え込んだ腕の中で、彼女は血まみれのまま、どんどん力を失っていった。
何度も名を呼び、涙《なみだ》を零《こぼ》す自分に、レオーナは笑いかけた。
死の床《とこ》につく間際でありながら、それでも、いつもと同じ、あの笑顔で。
『きっと、誰かが、あなたの傍《そば》に居てくれる』
ああ、嘘だ。それは、彼女がついた、優しい嘘だ。
リリスには、分かっていた。
自分のような顔色一つも変えず、冗談すら口に出来ない者に。
レオーナのような相手が再び現れることなど、ありえるわけがない。
『だから、生きて』
それでも震える手を伸ばし、リリスの目元から涙をぬぐう、レオーナに。

『いつかあなたを支えてくれるヒトが、また、現れるまで――』

リリスは、分かったと、そう答えるしかなかった。

「リリス……しっかりしろ」

隣《となり》に居るサシャが立ち上がり、再びその身に炎を宿す。

「ルインが戻るまで、わらわ達で持ちこたえるしかないのじゃ」

アンゼリカもまた周囲に水流を舞《ま》わせながら、呼吸を整えるようにして言った。

「そうね。こんな下衆な手で落ちれば、魔王の名が廃《すた》るわ」

二人とも、まだ負けてはいない。

あまりにも強く、あまりにも気高い。

誠《まこと》に王と呼ぶに相応《ふさわ》しい風格を、確かにその身から漂《ただよ》わせていた。

(私は……彼女達とは、違う)

成り行きで王になっただけだ。請《こ》われるまま、願われるまま、皆の先頭に立っていたに過ぎない。

だからレオーナが必要だったのだ。

どんな時にも近くに居て、自分に足りないもの全てを補ってくれる者が。

だが――今はもう、いない。

偽物《にせもの》の命が、彼女とは似ても似つかぬ笑みを貼《は》り付けて、立っているだけだ。

（戦わなきゃいけないのに……私がやらなくちゃいけないって、そう言ったのに）

後、もう少しだけ。

再び前に進むには、何かが一つだけ、欠けていた。

「どうした。行くぞ、リリス！」

「ぼうっとしてる時間はないわよ⁉」

サシャ達から発破をかけられて、リリスはようやく立ち上がる。

だがそれでも、茫洋《ぼうよう》とした意識の中、レオーナを見つめるだけだった。

そんな自分を敵が見過ごしてくれるわけもなく。

「魔王使いはまだ戻ってこない様子……。今の内に全員始末しておいて、彼《かれ》が遺跡から出てきた瞬間《しゅんかん》を狙《ねら》い、道具を使う前に殺すことにします」

ドロシーの命令に、異形と化したレオーナは頷《うなず》いた。

「承知しました。リリス様もやる気がないようですし、もういいです」

そのまま彼女は、吼えるような声を上げて、放たれた砲弾《ほうだん》の如き勢いで向かってくる。

「あなたはここで、終わりですッ！」

猛然《もうぜん》と振《ふ》り上げられた爪《つめ》が、リリス目掛けて、大気を割るようにして叩《たた》きつけられた。

「リリスッ！　避《さ》けろ！」

「なにやってんのよ！」

サシャ達の声もどこか遠く。

リリスは眼前に迫る攻撃を、ただ呆然と、迎え入れようとした。

──斬撃音が、鳴り響く。

レオーナが絶叫し、血飛沫《ちしぶき》を上げたまま後ろへと跳躍した。

それと同時、リリスの視界に、見覚えのある背中が現れる。

「ごめん、皆、待たせた」

規格外の力を持っているとは思えぬほど、穏《おだ》やかな口調の持ち主だった。

そう、彼はいつもそうだ。

もっと威張《いば》ってもいい。もっと驕《おご》ってもいい。もっと、もっと、傲慢《ごうまん》になってもいい。

それでも決して変わらず、ありのままで居続けるのだ。

「リリス、大丈夫か？」

振り返り、手を差し伸べてくれる、そんな彼に対して。

「……ルイン」

リリスは、自分が心からほっとしていることに、気が付いた。

「……く……もう戻ってきてしまいましたか……ことごとく計画を狂《くる》わせるヒトですね」

露骨《ろこつ》に不愉快そうな顔のまま、ドロシーが舌打ちする。

リリスを助け起こしたルインは再び前を向き、彼女《かのじょ》に対して【破断の刃】を構えた。

「二人とも！　無事に帰ってきたか！」

サシャがルインとオリヴィアの姿を認めて歓喜《かんき》する。

「ええ、お待たせしました！　一時はどうなることかと思いましたが……ルイン様は無事です！」

ルインと一緒《いっしょ》に遺跡から出てここまで走ってきたオリヴィアが、高々と拳《こぶし》を掲げる。

「どうなることかとって、なにかあったわけ？」

アンゼリカが眉《まゆ》を顰《ひそ》めるのに、ルインは首を横に振った。

「その話は後で。とにかく今は目の前のことに集中しよう」

少し前、アルフラの下から帰還《きかん》したルインは目を覚まし、突然《とつぜん》に動かなくなった自分を前に泣きじゃくっていたオリヴィアを宥《なだ》め、急ぎ駆け付けたのだ。

「承知した。して、ルイン、【女神の天啓】はどうだった⁉」

「大丈夫。ちゃんと手に入れたよ」

ルインが首飾《くびかざ》りを掲げると、リリスやアンゼリカもまた安堵《あんど》するように息を漏らす。

「ったく、遅いわよ。こいつら、どれだけ攻撃してもしつこいくらいに回復してくるし……その度《たび》に気分が悪くなったわ」

アンゼリカが嫌悪《けんお》感を露《あらわ》にするのも無理はなかった。ただでさえ相手は無限の再生力をもつ上、彼女達《たち》の顔見知りも交じっているのだ。

いくら死体であると言っても、身内を何度も攻撃して平然としていられるわけがない。

「参りましたね……彼女達が意外にしぶといもので、つい時間がかかってしまいました」

ドロシーは、血が滲むほどに唇《くちびる》を噛《か》み締《し》めた。だが、

「こうなったら仕方ありません……。いかに女神の道具といっても、死体を前にすれば何の意味もない。あなた達が疲弊《ひへい》するまで攻撃を続けましょう……」

彼女はすぐに気持ちを切り替《か》えたように言って、片手を振り上げた。

サシャ達の攻撃によってだろう、体が半壊《はんかい》していた者や、塵《ちり》と化した者に至るまでが全て一瞬にして元通りになる。

「……魔物《まもの》だけでなく同族すら己の玩具《おもちゃ》のように扱《あつか》うとは、本当に最低の女じゃな」

吐き捨てるように言ったサシャの反応に、ドロシーは不快に思うどころか笑みさえ浮かべてみせる。

「別に……ワタシの部下ではありませんから……その辺り、気にしない性質です」

「くっ……ルイン、お主が手に入れた新たな力を見せてやれ！」

サシャの声にルインは頷き、仲間達の前へと立った。

「皆、下がっていてくれ。よく今まで耐《た》えてくれた。本当に有難《ありがと》う」

虚空《こくう》に手を翳すと、【霊《れい》の魔王】を前にし――不敵に笑う。

「そろそろ、反撃《はんげき》開始といこう！」

サシャ達はそれぞれがルインの言葉を受けて、気力を取り戻《もど》したかのように立ち上がった。

「そうこなくっちゃね。あたし達をここまでこき使ったのよ。中途半端《ちゅうとはんぱ》な力だったら承知しないから」

「女神に頼《たよ》るのも気に食わぬが、この際、贅沢《ぜいたく》は言っておれまい。存分にやるがいい、ルイン！」

アンゼリカとサシャが共に声を張り上げる中、リリスだけが忸怩《じくじ》たる想いを抱いているかのように、俯《うつむ》く。

「本当は……私がやらなければならないんだけど……」

だがそれでも彼女は、決意したようにして告げてきた。

「お願い。力を貸して、ルイン」

「ああ。当たり前だ！」

力強く言い返し、ルインは意識を集中する。

途端《とたん》、首から下げていた宝玉が眩《まばゆ》いばかりの輝《かがや》きを発した。

それと共に、女神の言葉である『託宣《たくせん》』が浮《う》かび上がる。

【特定条件を達成。【女神の天啓】の起動により魔王使いの能力を一時的に全解放します。

使用者は追加されたスキルを確認して下さい】

続いて現れたのは、道具によって魔王使いに与《あた》えられた能力だった。

それらをざっと読んだルインは、思わず瞠目《どうもく》する。

「これは……なるほど、そういうことか」

魔王使いの真の力を目覚めさせる――曖昧《あいまい》だった表現の意味を、ようやく理解した。

「何をしているんですか……？　のんびりする暇なんて、与えませんよ……！」

ドロシーの下した命令に従い、火焔《かえん》の虎と化したレオーナを先頭に、魔族や魔物達が殺《さっ》到《とう》してくる。だがルインは少しも引く姿勢を見せず、スキルを発動した。

「【魔装覚醒《まそうかくせい》】！」

燃《も》え盛《さか》るような音と共に現れた漆黒《しっこく》の炎《ほのお》から、【破断の刃《やいば》】を取り出して構える。

「サシャ、刃に君の権能《けんのう》をぶつけてくれ！　思い切りだ！」

「う、うむ、了解《りょうかい》した！」

サシャが【絶望破壊《グラン・ディスティア》】を使い、極大まで膨《ふく》れ上がらせた闇深《やみふか》い炎を、ルインの持つ得物に向けてぶつける。

ルインがそれを断《た》ち切ると、刃が瞬時《しゅんじ》にして伸長《しんちょう》した。

かつてリリスを倒した時に使ったものと同じ、塔《とう》を思わせるかのような、尋常ならざる規模の剣《けん》が誕生する。

「くっ……はあああああああああああああああっ！」

両脚《りょうきゃく》を広げ、全身の膂力《りょりょく》を振り絞《しぼ》り、ルインはそれを天高く掲《かか》げた。

途端に途轍《とてつ》もない重さが降りかかるが、無理矢理に耐える。

「フフ……何をするかと思えば……確かにそれほどの大きさを持ち上げるのは凄《すさ》まじいことですが……それでもこの数が相手では、全て倒すのに足りません。逆に動きが遅くなって、倒しやすくなりましたよ……？」

ドロシーが嘲弄《ちょうろう》するようにして指摘《してき》してきた。確かにその通りだ。

リリスを相手にしていた時と違い、相手は数百を超《こ》える軍勢である。

たった一撃《いちげき》振り下ろすだけで限界の武器では、相当に分が悪かった。攻撃《こうげき》から逃《のが》れた者に襲撃されればそれで終わりである。

ただ――。

「本番はここからだ、ドロシー……ッ！」

ルインは大きく息を吸《す》い込《こ》むと、世界中に響《ひび》き渡《わた》らせるような気概《きがい》で叫《さけ》ぶ。

「スキル発動。――【真魔解放】――ッ！」

刹那《せつな》、ルインの前に再び託宣が現れた。

【スキルの使用を承認《しょうにん》。使用者の選択《せんたく》により――】

新たにして最強たる力の目覚めを、知らせる為に。

【破断の刃及《およ》び爆壊の弓を並列励起《へいれつれいき》。双方《そうほう》の効果を合一化】

地響《じひび》きのような音を鳴らし、大剣《たいけん》の刃が震えた。

【起動完了《かんりょう》。名称《めいしょう》――神器《じんき》魔装：覇滅《はめつ》の創刃《そうじん》】

ルインを中心にして、多大な衝撃波《しょうげきは》がひた走る。

「きゃあっ⁉」

耐え切れずに吹《ふ》き飛ぶオリヴィアを、サシャが受け止める。が、その彼女やアンゼリカ達もまた、やっとの思いでその場に立ち続けているようだった。

魔物達も当然の如く、塵のようにして遥《はる》か後方へと弾《はじ》かれる。

「……は？」

何が起こったか分からない、という顔をしていたドロシーは、何かの気配に気づいたかのようにして視線を上げる。

そうして――彼女は、愕然《がくぜん》となったようにその場で硬直《こうちょく》した。

「え？　え、なにこれ……え、嘘ですよね……？　な、なんですかこれ……!?」

目の前で展開されている現実についていけていないのは、ドロシーだけではない。

魔王《まおう》使いのスキルを間近で見てきたサシャ達ですら、目を見張っていた。

「言っただろ、本番はここからだって。これなら、敵を打ち漏らす心配はない……！」

ルインは微笑《ほほえ》みと共に、天を仰《あお》ぐ。

そこには――無数の剣が、浮かび上がっていた。

更には、その一つ一つが、ルインが今持っている得物と同等の大きさを実現している。視界を埋《う》め尽《つ》くす塔ほどもある鉄塊《てつかい》の群れ。それは見る者に無条件で圧倒的《あっとうてき》な畏怖《いふ》を与えるような、計り知れない迫力《はくりょく》に満ちていた。

「破断の刃に爆壊の弓の矢を生み出す効果を足したのか!?　これは、なんという……」

サシャが呆然としたように立ち尽くす中。

「行くぞ――ッ！」

ルインは、手に持っていた【覇滅の創刃】を、出来うる限りの全力で振り落とした。

同時に、後ろに控《ひか》えていた大剣たちも従うように、同じ動きを示す。

「ま、待って下さい。こんなの、滅茶苦茶《めちゃくちゃ》……！」

明らかに狼狽《うろた》えた様子を見せたドロシーは、急ぎ魔物達をルインへと向かわせる。

だが、既《すで》に遅い。あまりにも、遅すぎた。

ルインの放った巨大《きょだい》な剣の群れは、一切《いっさい》の容赦なく、苛烈《かれつ》なまでの勢いで――。

ドロシーを始めとする、魔物達の群れへと叩き落とされた。

何百、何千という雷《かみなり》が一度に降り注いだかのような、巨大な異音が轟《とどろ》き渡る。

大地が一瞬にして広範囲《こうはんい》に亘《わた》って砕《くだ》き割られ、猛烈《もうれつ》な勢いで土くれを舞い上げた。

辺り一帯だけでなく、天空すらも濛々と砂煙《すなけむり》が覆《おお》い隠《かく》す様は、正しく災害級の現象と言える。

「く……ぁ……」

魔物達全てが押《お》し潰《つぶ》され、倒れ伏す中で、ドロシーだけがその身を起こす。

彼女自身、息も絶え絶えとなってはいたが、それでもまだ余力を残しているかのようにして、口元を歪《ゆが》めた。

「や……やるじゃないですか……さ、さすがにここまでとは……。ですが、まだですよ。

ワタシを倒すには足りません……」

「ああ。分かってるよ」

だがそれに対して、ルインが平然と答えると、ドロシーは「へ？」と前髪《まえがみ》から覗く目を丸くした。

「ちょ……ちょっと待ちなさいよ」

そこで、呆然《ぼうぜん》自失といった状態になっていたアンゼリカが、何かに気付いたような表情を浮かべる。

「剣と弓の効果が合わさっているなら、まさか……!?」

「ああ、その通りだ。皆、気を付けてくれ。……少し、派手に行くぞッ！」

ルインは忠告をした後に、自らの腕《うで》で身を庇《かば》った。

「嘘——」

瞬間。自らの身に起こる危機を察したドロシーが瞠目する中、彼女を中心にして、猛烈な勢いで爆撃《ばくげき》が巻き起こった。

それは一つだけに留《とど》まらず、地面を抉《えぐ》りとった剣と同じ数だけ、次々と起こり続ける。

紅蓮《ぐれん》の殺意が膨れ上がり、神の裁きと見紛《みまが》うばかりの火焔が炸裂《さくれつ》し、全てを完膚《かんぷ》なきまでに破壊した。

通常行われる砲撃戦《ほうげきせん》が子どもの喧嘩《けんか》に思えるほど、常識外れの光景である。

そして、永遠とも思える凶悪《きょうあく》な狂騒《きょうそう》が終わりを告げた後。

あれほど居た魔族や魔物達は、その全てが跡形《あとかた》もなく消え去っていた。

ドロシーもまた、その身自体は無事であったが、倒《たお》れ伏したままで微動《びどう》だにしない。

「ぐぅ……耳を塞《ふさ》いでいたのに、聴覚《ちょうかく》がまともに働かん……」

「ああいうことするなら言いなさいよ！　どうなることかと思ったわ！」

サシャが顔を顰めるのに合わせ、アンゼリカがルインに抗議《こうぎ》してくる。

「ごめん。敵に悟《さと》られたら困ると思って」

「それにしても、予想を遥かに超える効果でしたわ、ルイン様。さすが女神《めがみ》様のお与えになった道具。それを巧《たく》みに扱うルイン様の腕も相当なものですが……」

オリヴィアが感慨《かんがい》深《ぶか》げに呟いた。

「かつての魔王使い様はルイン様と違《ちが》うスキルを使っていたとは言え、これほどまでの力を手にしたとなると、その心に影響《えいきょう》を与えるのも無理はありませんね」

「確かにそうですね。女神様に匹敵《ひってき》するというのも、あながち間違《まちが》いではないかもしれません」

それだけに使い手は、最大限に己の有り様に気を付けなければならないのだろう。

自分もまたアルフラへの誓《ちか》いを忘れないようにしなければと、ルインは改めて思った。

「ルイン……ドロシー、死んだの？」

リリスが相手の様子を窺《うかが》うようにして訊いてくる。

「いや、オレの爆撃を受ける直前に魔物の体を盾《たて》にしていたみたいだ。致命傷《ちめいしょう》は負っていないと思う」

それでもしばらくは起き上がれないだろうが、と思っていると、

「フ……フフ……フフフフフ……」

やがて消え入るような声が聞こえ、ドロシーが倒れ伏したまま、顔だけをルイン達の方へと向けてくる。

「げっ。気を失ってすらいないじゃないの。意外なまでに頑丈《がんじょう》ね、あの女」

うんざりしたようにしてアンゼリカが言うのに、ドロシーは壊《こわ》れたような笑《え》みを浮かべた。

「な、中々でしたよ、魔王使いさん……。さすがにもうダメだと思いました。ですが、ワタシの権能の良いところは……こんな有様でも、力を発動できるというところです……」

そのまま指先を振ると、彼女の周囲に再び魔物達が出現した。

集団の先頭には、再生された火虎のレオーナもまた、姿を見せる。

「だが、同じことを何度やっても無駄《むだ》じゃぞ。今度ルインの攻撃を喰《く》らえば、お主は再起不能になる。その前に降伏《こうふく》した方がよいと思うが」

温情を見せたサシャに対して、ドロシーはけたたましい声を上げた。

「フフ。フフフフ。クフフフフフ……同じことなんてやるつもりはありませんよ……」

次いで彼女は、レオーナに向けて指先を突《つ》きつける。

「総出が通じないなら……個に、絞るだけです」

その動きに応じたようにして、魔物達がレオーナに向けて殺到した。

「一体何を……」

ルインが警戒《けいかい》している内、魔物達がレオーナへと衝突《しょうとつ》したかと思うと――やがては、粘《ねん》土《ど》細工をこねるかのようにして身を崩《くず》し、接着した。

そのまま集団の全てが次々と溶《と》け、内部へと入り込んでいく。

同時に、レオーナ本体が膨張《ぼうちょう》し、更《さら》なる大きさを実現した。

先程《さきほど》までも十分に巨大ではあったが、今となっては背後にある空すら見えなくなってしまう程《ほど》にまで成長している。

それだけではなく背から竜《りゅう》にも似た翼《つばさ》が生え、体が岩のような皮に覆われると、尾《お》は蠍《さそり》が如き硬質《こうしつ》なものへと変わり、四肢《しし》には鎌《かま》を思わせる爪が生え揃《そろ》った。

まるで、複数の魔物が合わさり新たなる一匹《ぴき》として生まれ変わったかのようだ。

「……あなた、一体何を……!?」

リリスが問い質《ただ》すのにドロシーは、異形の姿をしたレオーナを、自身の最高傑作《けっさく》を眺《なが》めるようにして見つめた。

「ワタシの権能はね……死体同士を繋《つな》ぎ合わせることが出来るんですよ……。フ、フフフ……ウフフフ……嗚呼《ああ》、素敵《すてき》……」

陶酔《とうすい》するような目つきをするドロシーに、サシャが心底から嫌《いや》そうな表情を浮かべる。

「悪趣味《あくしゅみ》な奴《やつ》じゃな……」

「ホント。友達にはなれそうにもないわね」

アンゼリカが同意するのに、オリヴィアは頷きながら言った。

「ですが、ルイン様のお力があればあのような相手でも一撃《いちげき》の下、打ち倒せるかと！　やってくださいまし！」

「……いえ」

だがルインが首を振ると、「え？」と意表を突かれたような顔をする。

「やるのはオレじゃありません。そうだろ……リリス」

ルインに名を呼ばれるのが予想外だったのか、リリスが虚《きょ》を衝《つ》かれたような顔と共に振り向いた。

「私……？」

「ああ。レオーナは君の直属の部下だったんだよな。戦うのは辛《つら》いかもしれない。でも、君はオレに言っただろ。自分がやるしかないって。それは、その通りだと思う」

「だけど、私よりはルインの力を使った方が、確実に……」

「いや。レオーナを解放させる資格があるのは、君だけだ」

ルイン達の会話を聞いていたドロシーが、引きつるような、甲高《かんだか》い声を上げた。

「残念でした……！　この子は今までと同じ再生力を持つ上に、攻撃は以前と段違《だんちが》いなんです……！　いかに魔王でも全盛期《ぜんせいき》の力を持っていない以上、勝てません！」

「――勝てるさ」

ルインはリリスに近づくと、彼女の肩《かた》に手を置いた。

「オレがリリスに手を貸す。君が必ず、目的を果たせるように」

「……ルイン……」

リリスは、驚《おどろ》いたようにルインを見返してくる。

「大丈夫だ、リリス。君がオレを支えてくれているように……オレも君を支える」

ルインとしては、励《はげ》ます為《ため》に紡《つむ》いだ言葉だった。

しかしリリスにとっては、それ以上の効果をもたらしたようだ。

その証拠《しょうこ》に、彼女の瞳《ひとみ》にはその時、確固とした意志の強さが宿った。

「……ああ、そうか」

「ん、どうした？　リリス」

なにかに納得《なっとく》したように呟くリリスにルインは眉を顰めるが、彼女は首を横に振って、前を向く。

「なんでもない。とっくにいたんだって――それが、分かっただけ」

そうしてリリスは、決然とした表情のままで言った。

「ルイン。私は、あなたを、信じる」

歩き始めると、レオーナと正面から向かい合う。

ルインは、リリスの後ろに立つと、彼女に向かって手を翳《かざ》した。

「ルイン、お主は一体何を……」

「……【女神の天啓】を使った魔王使いは、配下である魔王の力をも強くする」

訝《いぶか》しげな態度をとるサシャの傍で、オリヴィアがルインの意図を読んだかのように言う。

「ルイン様、ではリリス様を……!?」

ルインは無言で首肯《しゅこう》すると、精神を研《と》ぎ澄《す》ませた。

【スキルの要求を承認。【獣《けもの》の魔王】の権能を一時的に強化します。発動条件、口頭による定型句の詠唱《えいしょう》】

虚空へと顕現《けんげん》した託宣に、ルインは「了解」と答える。

「行くぞ、リリス」

「うん。いつでもいいよ、ルイン」

いつものように抑揚《よくよう》なく、それでいてどこか頼りがいのある、リリスの声を受けて。

ルインは、その言葉を口にした。

「【契約昇華《けいやくしょうか》】！」

リリスの体が、眩いばかりの光に包まれる。

彼女自身、己《おのれ》の変化を把握《はあく》し切れていないというような顔で、体を見下ろす。

その間にも光は広がっていき、やがてはリリスを宙へと浮かび上がらせた。

「これは……そうか……」

その時点で、リリスは全てを理解したかのように言った。

ルインを通し、備わった力の意味が、彼女へと伝わったのだ。

「ありがとう、ルイン」

リリスは微笑みと共に告げると、腕を交差し、歌《うた》うように口ずさんだ。

「――【神獣降臨《しんじゅう》】――！」

何処《どこ》までも渡るようなその響きによって、リリスの強化された力の全てが発揮される。

激しい音と共に光が弾《はじ》け飛び、消え去ったそこには――幻想的《げんそうてき》とも呼べる存在が、悠然《ゆうぜん》と佇《たたず》んでいた。

背中からは白鳥にも似た翼を生やし、角度によって、様々な色を魅《み》せている。

リリスの形を残してはいるものの、肌《はだ》には複雑な紋様《もんよう》が刻まれ、手足は別種の生物を思わせるように変化し、鋭《するど》い爪が生えていた。

唯一《ゆいいつ》、額からは鋭く長い、螺旋状《らせんじよう》の角が生えているところが、馴染《なじ》み深《ぶか》いリリスの、リリスとしての要素であった。

（綺麗《きれい》だ……けど）

全体としてルインが目にしてきた魔物のどれかに似ている気もしたが、逆にどれにも似ていないようにも思える。

懐《なつ》かしい気がするのに、記憶には存在していない。

浮世《うきよ》離《ばな》れした神秘的な様でいて、すぐ身近に在ってくれているような。

そんな矛盾《むじゆん》した、まるでいつかの夢の中で出逢《であ》ったような、不可思議な雰囲気《ふんいき》があった。

「ルイン、あのような魔物、わらわは見たことがないぞ。お主は知っておるか？」

見惚《みと》れたようにしてリリスを仰ぐサシャに、ルインは首を横に振る。

「いや。あれはどこにもいない。リリスが望んだ別の姿だ」

「リリス様が望んだ？　それは一体……」

サシャと同じくしてリリスから目を離せなくなっているオリヴィアへ、

「彼女が今、最も欲《ほっ》する理想の魔物へと変化する。それが強化された彼女の権能【神獣降臨】なんです。現実に居るかどうかは、関係ない」

「まあ。なんて素晴《すば》らしい……自分が思う通りの姿となれるのであれば、敵など居ないではありませんか」

「ええ。ただ完璧《かんぺき》に再現するには力の内容を相当に明確化しなければなりませんし、あの状態を保っていられるのはせいぜい数分程度となりますが」

たとえば単に『全てを一瞬《いっしゅん》にして滅亡《めつぼう》させる力』というものでは、具体性に欠ける為、実現するに至らない。どう滅亡させるのか、というところを詳《くわ》しく詰《つ》めなければならないのだ。

「なるほどの。しかし要は、実際には存在しない魔物の力すら行使できるということか。末恐《すえおそ》ろしいの……」

サシャの言う通り。条件さえ潜《くぐ》り抜《ぬ》ければ、とてつもない戦力になり得る。

「フ……フフ……どんな相手だろうと、無敵ではないなら、ワタシの操《あやつ》る死体には勝てませんよ……。さぁ、行きなさい……セオドラ様の為に……！」

ドロシーが命じると、レオーナが変化した魔物は天高く吼《ほ》えた。

それだけで世界が激しく震え、大地が怯《おび》えるようにして揺《ゆ》れる。

異形となったレオーナは足元を蹴《け》ると、大地を削《けず》りとりながら、猛然とリリスに向かって飛びかかった。

背中の翼をはためかせながら、蠍の尾をしならせ、前脚《まえあし》についた爪を振り払《はら》う。

同時に大きく開いた口からは、大量の炎を吐き出した。

様々な魔物が組み合わさった攻撃が、リリス目《め》掛《が》けて纏《まと》めて襲《おそ》い掛《か》かる。

だが、彼女は防ぐことも、かわすこともしなかった。

その目を一度だけ――瞬《まばた》かせる。

ただそれだけで、颶《ぐ》風《ふう》の如《ごと》きうねりが彼女の体の周囲に巻き起こった。

空の雲が、刹那で吹き飛ばされて無に還《かえ》る。

リリスに放たれた炎は不自然な向きで反り返り、レオーナの体が猛烈な勢いで弾き飛ばされた。

地上へとまともに叩きつけられて、彼女は絶叫《ぜっきょう》する。

「は……？　そそ、そ、そんな馬鹿な……!?」

ドロシーは事態を受け入れ難《がた》いとばかりに、何度も何度も命令すると、己の配下となったレオーナをリリスへと向かわせ続ける。

だが、何度やろうとも結果は同じだった。

攻撃を加えるどころか、接近することすら出来ない。

まるで神域へ踏《ふ》み込む無粋《ぶすい》な輩《やから》を指先一つで排除《はいじょ》するようにして、リリスはレオーナを少しも寄せつけはしなかった。

「どうして……どうしてですか!?　こんなことが……！」

ドロシーは倒れたまま、歯を食《く》い縛《しば》り、地面を強く叩く。

「や、やりなさい！　何をぐずぐずしているんですか……！　あの魔物を倒しなさい……倒せるはずです……！」

乱心したかのような口調で言うドロシーにすら、操り人形《にんぎょう》と化したレオーナは抗《あらが》う術を持たない。

どれほど無駄と分かっても、リリスに立ち向かい続けるしかなかった。

ルインは、戦いを挑《いど》む彼女の咆哮《ほうこう》が、どこか悲痛なものであるように感じ始める。

「リリス――！」

見兼《みか》ねて叫んだルインに、リリスは何度目かの突進をするレオーナを返り討《う》ちにしながら、答えた。

「……分かってる」

心地《ここち》良い旋律《せんりつ》のような声が、世界へと鳴り渡っていく。

リリスはしばらくの間、無言でいたが――。

やがて、尚《なお》も牙《きば》を剥《む》き出して威嚇《いかく》するレオーナを前にして、静かに語り掛《か》け始めた。

「レオーナ……あなた、いつも心配していたよね。皆《みな》から離《はな》れて、独りでいようとする私に、自分以外にも心を許せる人を、部下でなくて、友達を作った方がいいって」

理性を失ったかのように濁《にご》った目のまま、敵意をみなぎらせ、挑みかかってくる異形。

変わり果ててしまった、かつての愛すべき仲間を前にして、リリスは告げた。

「別れる時まで、あなたの願いは叶《かな》わなかったけど……。何百年も経《た》って、ようやく私にも出来たみたい。うるさくて、面倒《めんどう》くさくて……でも、守りたいと思えるヒト達が」

そこで一瞬――リリスから送られた眼差《まなざ》しに。

ルインが親愛の情を感じたのは、気のせいでないと思いたい。

「レオーナ、あなたが最期《さいご》に言ったことは、本当だったよ。だからね」

リリスがレオーナを見つめるその線上に、光の粒子《りゅうし》が集まり始める。

春の日差しにも似た心地良さをもつ輝きは、やがて、彼女へと降り注いだ。

「もう……安心して眠《ねむ》っても、いいんだよ」

攻撃というには、あまりに穏やかで。

優《やさ》しさを以《もっ》て包み込むような、柔《やわ》らかな印象に満ちたその光に包まれて――。

レオーナの体は少しずつ、薄《うす》れていった。

最後に現れたのは異形ではなく元の姿。

猫《ねこ》の耳を揺らして小首を傾《かし》げ、彼女はリリスに向かって明るく笑いかけた。

ドロシーに操られているはずの存在が、しかしその時だけは、自らの心を取り戻したように見える。

そうして、間もなく、レオーナの姿は完全に消え去った。

「……どうして……どうして⁉」

ドロシーが狼狽《ろうばい》したようにして、何度も手を振り上げ続ける。以前なら彼女の権能によって繰《く》り返し蘇《よみがえ》っていたはずの死体が、全く反応を示さなくなったからだろう。

「ワ、ワタシの権能はほんのわずかな欠片《かけら》でも残っていれば、そこから再生できるのに」

「無駄だよ。死体は完全に浄化《じょうか》して天に返した。もうこの世界にレオーナはどこにもいない」

「し、死体を一瞬で完全に消した？　そ、そんなことが出来るなんて……」

たじろぐ様子を見せるドロシーに、リリスは余裕《よゆう》を思わせるような微笑《びしょう》を浮かべた。

「違う魔物を出してきても無駄だよ。私がこの姿を保っている間は、何度も同じことが出来る」

「そして……その隙《すき》を見逃《みのが》すわらわ達ではない、ということじゃ」

サシャが勝利を確信したように告げ、その身から炎《ほのお》を迸《ほとばし》らせる。

「散々手間かけさせてくれたわね。覚悟《かくご》しなさいよ、あなた」

アンゼリカが水流から呼び出した槍《やり》を構えるのに、ルインもまた臨戦態勢をとった。

「ひ……ひいいいいいいいいいいいいいいいい！」

ここに来て、ついに敗北を悟ったのだろう。ドロシーは、はっきりとした恐怖《きょうふ》の色を浮かべながら、無理やりに立ち上がると後ろを向いた。

「助けて、助けて、助けて……ッ！」

そのまま、まともに歩くことも出来ないような状態で、それでも必死に逃《に》げていく。

しかしそんなドロシーの目の前に巨大な炎の塊《かたまり》が落ち、爆裂《ばくれつ》を巻き起こした。

「抜かせ！　わらわ達の部下を盾に攻撃を仕掛《しか》けた恨《うら》み、その身でとくと味わってもらうぞ！」

「いやああああああああああああああっ！」

ドロシーは頭を抱《かか》え、その場でうずくまる。

「ま、待てって、サシャ！　気持ちは分かるけど、彼女はセオドラに操られているんだ。多分もう、強制テイムが出来ると思う。そうすれば洗脳が解けるはずだ」

「……むう……。わらわとしては腹に据《す》えかねるものはあるが、そういうことであれば仕方ない」

「ま、そうするのが一番いいだろうね」

「全部終わったら覚えてなさいよ……事情があろうと拳骨《げんこつ》の二、三発は覚悟してもらうわ」

サシャ達が渋々《しぶしぶ》ではあるが譲歩《じょうほ》してくれた為、ルインは胸を撫《な》で下ろした。

（やれやれ……ようやく終わったか）

さすがに疲労《ひろう》感がぬぐえないなと思いながら、ルインはドロシーに対してスキルを使う為、手を翳そうとした。

「……ッ⁉」

だがその瞬間《しゅんかん》。全身に寒気が走り、ルインは後方へと飛び跳《は》ねる。

ほぼ同時、巨大な閃光《せんこう》が大地を真横に嘗《な》めて砕き割り、土くれを噴《ふ》き上げた。

たった一撃で、ドロシーとルイン達の間に深く広い溝《みぞ》が出来上がる。

ルインはドロシーの背後を見て、目を見開いた。

そこには金色の髪《かみ》をなびかせた全身鎧《よろい》の女性が立ち、長剣《ちようけん》を振《ふ》りかざしている。

「ロディーヌ!?」

ルインに名を呼ばれても一切の反応を見せず、ロディーヌはドロシーに近づくと彼女を担《かつ》ぎ上げた。

「あ、ああ、ロディーヌさん、フ、フフ、助かりました……」

「これ以上やっても益はない。道具を手に入れられたのであれば作戦を立て直す必要がある。魔王使いにテイムされる前に退散するぞ」

短く告げると、ロディーヌはルイン達に背を向ける。

「待ってくれ、ロディーヌ！　君は――」

呼び止めたルインに対し、ロディーヌは一度だけ振り向いてその顔を見せた。

目には光がなく、およそ感情というものの一切が窺えない。

そのまま彼女が再び前を向くと、ドロシーごと赤い光に包み込まれた。

激しい音と共に光が弾け飛んだ後、もうそこに、二人の姿はない。

「セオドラめ……そう簡単に手下は手放さぬということか」

サシャが舌打ちするのを聞きながら、ルインは力無く、その場に立ち尽くした。

（やっぱり……ロディーヌもセオドラに操られているのか……）

つまり彼女《かのじょ》も今や、自分の敵ということである。

一度は仲間になりかけた者であることが、余計に寂《さび》しさを抱《いだ》かせた。

「ドロシーをテイム出来なかったのは残念だし、ロディーヌのことも気になるけど……ひとまずはルイン、この場は無事に収まった、ということでいいんじゃない」

リリスの声に顔を上げると、彼女は変化した時と同様の光に再び包まれ、元の姿になって地上に降り立つ。

「ああ……そうだな。君の言う通りだ」

既に起こってしまったことを嘆《なげ》いても、せんなきことだ。

ルインは気を取り直し、サシャ達を振り返った。

「皆、お疲《つか》れ様《さま》。大分苦労したけど、なんとか目的は達成できたみたいだ」

ねぎらいの言葉をかけると、サシャ達はそれぞれ、満足そうな表情を浮かべる。

「今回はリリスに活躍《かつやく》の場を譲《ゆず》ったが……ルイン、お主が手に入れたその首飾りは戦慄《せんりつ》すべきものだな。使い手だけでなく、魔王にすらあのような力を付与《ふよ》するとは」

「そうね。女神のおかげっていうのは未《いま》だに気に入らないけど、今回はそれがなかったら危なかったかもしれないわ」

アンゼリカが不承不承といった体で言うのに、オリヴィアが手を叩《たた》いた。

「本当に、素晴らしいお力でしたわ、ルイン様、それにリリス様も。ルイン様が首飾《くびかざ》りをつけた途端に気を失われた時はどうなることかと思いましたが」

「なに？　そんなことがあったのか？　大丈夫《だいじょうぶ》なのか、ルイン」

「ああ、なんとか。ちょっと神様に会ってきただけだから」

心配するような口調になったサシャへルインが極《きわ》めて端的《たんてき》に答えると、彼女は「は？」と理解不能という様子で固まった。

「いや、まあ、詳しくは後で。オリヴィア様、改めてお尋《たず》ねしますが、この【女神の天啓】を、本当に戴《いただ》いてもいいんですか？」

「ええ、もちろんです。元々はルイン様のものですから。お父様もきっと……女神様の下で、喜ばれていることと思います」

天を仰いで告げたオリヴィアに、ルインもまた「そうですね……」と同じ場所を見て微笑んだ。

「……ところで。状況《じょうきょう》が状況だったから流したけど。リリスー？」

と、そこでアンゼリカが、にやつきながらリリスに近づくと、その肩に手を置く。

「まさか、あなたがあたし達《たち》のことをあんな風に考えてくれてたなんてねえ。普段《ふだん》はむっつりしている癖《くせ》に、内心じゃ結構頼《たよ》りにしてくれていたってわけ？」

「……なんのこと？」

「そういえば言っておったな。なんじゃったか。うるさくて面倒臭《めんどうくさ》いけど、守りたい――」

「言ってないッ!!」

素知らぬ振りをしようとしたリリスであったが、サシャが台詞《せりふ》をなぞろうとするのに、顔を真っ赤にして叫んだ。

「なによ。照れなくてもいいじゃない。ま？　あたしは別にリリスほどでもないけど？　そこそこあなたのこと気に入っているから。嬉《うれ》しくないって言えば嘘《うそ》になるわね」

「うむ。わらわもじゃ。この旅を通し、お主もわらわ達のことを評価しておったということじゃな」

リリスの頭を撫でるアンゼリカに、うんうん、と同意するサシャ。

「い……言ってないって言ったら、言ってない……ッ！」

無理のある主張を、それでも押し通そうとして、リリスは何度も同じ言葉を繰り返した。

「……良い方達と出逢われましたね、ルイン様」

三人の様子を眺めていたルインは、オリヴィアからそう声をかけられて、「ええ」と答えた。

「本当に――大切な仲間達ですよ」

自然と口元が緩《ゆる》んでいく中、リリスが「ルイン！」と怒《おこ》ったように声を上げる。

「ルインからもサシャ達に言って……！　聞き間違いだって……！」

「え、いや、でも、オレも相当に嬉しかったし、なかったことにするわけには……」

リリスはルインに近付くと、思い切り脛《すね》を蹴ってきた。

「だから、言ってないッ！」

「いたっ！　わ、分かった、分かったって！」

そのまま殴《なぐ》りかかろうとしてくるリリスを手で制しながら、ルインは苦笑《くしよう》する。

（まったく――本当にどっちが主か、分かったものじゃないな）

それでも今のこの関係は何よりも大切だと。

そう心から、思った。

最終章——新たな絆と共に

ドロシーとの戦いから、一週間後——。

ルイン達は、ローレンシュタイン城の謁見《えつけん》の間へと招かれていた。

【霊《れい》の魔王】の支配から解き放たれた王都は、完全なもぬけの殻《から》と化している。

あれだけ賑《にぎ》わっていた通りにも人っ子一人おらず、空虚《くうきょ》な風の音が鳴り響くだけだ。

王城内として同じことで、騎士《きし》や王族、貴族達はおろか、兵士ですら誰《だれ》もいない。

ドロシーが持つ権能《けんのう》の恐《おそ》ろしさを、否応《いやおう》なしに思い知らされる状況だった。

「……この城も、随分《ずいぶん》と寂しくなってしまいました」

跪《ひざまず》くルインの前で、玉座についたオリヴィアが悲しげな笑みを浮《う》かべる。

「本当に……なんと申し上げていいか……」

一夜にして全てを失ってしまったのだ。そんな人に、自分に何が言えるだろうか。

が、言葉を濁したルインに、オリヴィアは首を振った。

「良いのです。全ては随分と前から分かっていたこと。既に居なくなった人に生きているように振る舞《ま》われるより、安らかに眠ることを祈《いの》る方が遥かに救われる気がしますから」

「セオドラの残酷《ざんこく》さは本当に度を越《こ》しておるな……何も一人も残さず殺さずとも」

サシャもまたオリヴィアを気遣《きづか》うようにして言った。

「……それで、オリヴィア？　あなた、これからどうするの？」

一方のアンゼリカは哀悼《あいとう》の意を表すこともなく、話を切り出す。これもまた、いつまでも暗い気分に囚《とら》われないように前を向かせようという、彼女なりの配慮《はいりょ》なのだろう。

「国王も、国民もいなくなってしまったし……いっそ、私達と一緒《いっしょ》に来る？」

リリスが提案するのに、ルインは彼女の方を向いた。

「ああ……それはいいかもしれない。オリヴィア様、オレとサシャの国に来ませんか。国っていうほどまだ大きくはありませんが、それでも人間と魔族《まぞく》が共に暮らしているところです。なんていうか、ここに独りで居るよりは……」

「……そう、ですね」

オリヴィアは考え込《こ》むようにして沈黙《ちんもく》し、その顔を伏《ふ》せた。

無理もない。ルインと同じく、魔族について理解のある彼女だが、それでも異なる種族と暮らすということは簡単ではない。

まして、王族の身だ。サシャの城に住むにはその立場を捨てなければならないとなると、早々に決断できるわけもなかった。

友好関係のある他国に助けを求める、という手も残されている。

「時間をかけても構いません。少し、検討してみて下さいませんか。きっと、オリヴィア様の為にもなりますから」

国と協力関係を結ぶ、というルインの当初あった目的は達成できなくなってしまうが、状況が状況だ。オリヴィアを、この誰も居なくなった国に留めるわけにはいかなかった。

「ルイン様……お誘《さそ》い、ありがとうございます」

オリヴィアはやがて、いつもの優しい笑みを浮かべると、

「ですが、わたくしはこの国に残ります」

「……やはり、魔族と一緒に暮らすのは気が進みませんか？」

「いいえ。そうではありません。むしろ、ルイン様とサシャ様の目標は素晴らしいものだと思っています」

「では、なぜ断るのじゃ？」

サシャが首を傾げるのに、オリヴィアは深く頷《うなず》いた。

「お父様や他の血族が亡《な》くなられた今、この国を統治する正当な権利を持つのはわたくしのみです。わたくしが居なくなれば、ローレンシュタインは滅《ほろ》びてしまう。ならば……む

しろ、出るよりは迎《むか》えた方が良いように思えまして」

「それって……オリヴィアが、ルイン達の国の人達をこの王都に住まわせるってこと？」

リリスの問いかけに、オリヴィアは「ええ」とにこやかに答えた。

「あくまでもルイン様とサシャ様の国に住む方達が了承《りょうしょう》すれば、という話ですが」

「ほ、本当ですか⁉　オレ達としてはもちろん問題ありませんし、キバ達……今、サシャの城に住んでいるヒト達も快く受け入れると思いますが」

「うむ。しかし、良いのか？　確かに同盟を結ぼうとしていたのはわらわ達の方だが、ローレンシュタインが魔族の住まう街と呼ばれてしまうかもしれぬが……」

あまりに早々に決断した為か、サシャがオリヴィアの立場を慮《おもんぱか》るようにして尋ねる。

だが彼女は一切《いっさい》の躊躇《ためら》いもないかのようにして告げてきた。

「もちろん。わたくしとしても、そのような機会に恵《めぐ》まれるのは喜ばしいことです。ルイン様達の一助となることが出来れば、これほど光栄なこともありません」

「……オリヴィア様、誠《まこと》に有難《ありがと》うございます」

ルインは心からの感謝を示す為、深々と頭を下げた。半ば諦《あきら》めていた同盟の件が、思わぬ形で実を結んだことになる。

「ですがルイン様の方こそ、よろしいのでしょうか。我《わ》が王都には既《すで》に臣民はいません。

同盟を結ぶに足るようなところかどうか……」

「逆よ、逆。だからこそ良いんじゃない」

オリヴィアの懸念《けねん》に、アンゼリカが肩を竦《すく》めた。

「サシャのところにいる奴らを迎え入れるところから始めればいいんじゃない。ローレンシュタインは人と魔族が共に暮らす国だって噂《うわさ》が耳に入れば、時間はかかるかもしれないけどヒトが集まってくるかもしれないわ」

「そうか……ロディーヌが治めていた国もそうだったな」

一理ある、とルインは呟《つぶや》いた。

状況的《じょうきょうてき》に追い詰められている魔族はともかく、人間の方は難しいかもしれないが、それでも住人達が評判を広めれば徐々《じょじょ》にそちらの数が増えてくるかもしれない。

「なるほど。確かにアンゼリカ様の仰《おっしゃ》る通りですね。新生ローレンシュタインというところでしょう」

オリヴィアもまた納得したように、弾《はず》んだ声を上げた。

「でも、この王都はともかく周辺の町とか村はどうするの。そんな突拍子《とっぴょうし》もないことが起これば反発もあると思うけど」

リリスの指摘《してき》に、確かにとルインがオリヴィアを仰《あお》ぐと、

「そちらの方はわたくしが直接働きかけましょう。もちろん、容易には片付かぬ問題でしょうが、それでも……前を向く目標が出来るのは、わたくしにとっても有用なことですから」

「……お願い致《いた》します、オリヴィア様。何かあればオレ達にご連絡《れんらく》ください。出来ることならいくらでも協力します」

「うむ。遠慮《えんりょ》などするなよ。お主はもう、わらわ達の仲間なのじゃからな」

ルインとサシャから言われ、オリヴィアは驚いたように目を丸くしたが――やがては、太陽のように眩《まばゆ》い笑顔《えがお》で告げた。

「はい。ありがとうございます！」

オリヴィアの言うように、状況は決して良いわけではない。

困難は、幾《いく》らでもルイン達と彼女の前に立ちはだかるだろう。

だがそれでも一つ一つ必要で、大事だと思うことをやり続ければ必ず最後には報《むく》われると、ルインは信じていたかった。

「そうそう。なんたって、あたし達はうるさくて、面倒臭いけど――」

言いかけたアンゼリカは、後ろからリリスに蹴られて悲鳴を上げる。

「ちょっと、なにするのよ⁉」

「いい加減にしつこい。ルイン、そろそろ行くよ。オリヴィアにはオリヴィアの、私達には私達のやるべきことがある」

照れくさそうに背を向けるリリスに、ルインは「了解《りょうかい》」と立ち上がった。

「では……オリヴィア様、お元気で。後ほど、サシャの城に住む人たちに話を通し、彼《かれ》らを連れてきます」

「ええ、お願い致します、ルイン様。セオドラがこの先、どのような手を使ってくるか読めません。貴方様《あなた》もどうか、お気をつけて」

「……ええ、承知しました」

もう一度頭を下げると、ルインはサシャ達と共に、謁見の間を去る。

「ルイン」

だが扉《とびら》を潜《くぐ》る寸前、サシャ達に聞こえぬ声で、リリスが囁《ささや》いた。

「ありがとう。あなたのおかげで、レオーナに気持ちを伝えられた」

「……いや。オレはほんの少しだけ、背中を押《お》しただけだよ」

ルインは首を振って、リリスに答える。

「これからも頼りにしているよ。君は大切な、仲間だからな」

その言葉が不意を突《つ》いたかのようにして、リリスは何度も目を瞬かせた。

だがやがて、ぷいと顔を背《そむ》けて、早足になる。

その横顔が赤くなっていたことに——ルインは、気が付かない振りをした。

「ああ……ごめんなさい、ごめんなさい、ごめんなさいごめんなさいごめんなさいごめんなさいごめんなさい——」

暗闇《くらやみ》が支配する世界に、陰鬱《いんうつ》な声が何度も響《ひび》く。

「ごめんなさいごめんなさいごめんなさいごめんなさいごめんなさいごめんなさいごめんなさい……！」

壊《こわ》れたようにひたすら謝罪を続ける少女——【霊の魔王《まおう》】ドロシーに対して、セオドラは短く告げた。

「良い」

玉座の上で足を組み、衣服から垣間《かいま》見《み》える真っ白な肌を闇《やみ》にさらしながら、血のように赤い葡萄酒《ぶどうしゅ》の入った盃《さかずき》を傾《かたむ》ける。

「良い。貴様はよく働いた。何も詫《わ》びる必要などない」

「セオドラ様……ありがとうございます……ありがとうございます……！」

涙《なみだ》を浮かべながら足元に縋《すが》りついてくるドロシーの頭を、セオドラは空いた手で撫でた。

しつけの行き届いた飼い犬を、あやすようにして。

「しかし、そうか……【女神の天啓《アルス・ギフト》】を手に入れたか。色々と手練手管を駆使《くし》しても、あの男はするりと抜けて目的を達するな」

葡萄酒の苦味を味わいながら、セオドラは舌を出し、唇《くちびる》を舐《な》める。

「誠に、度《ど》し難《がた》い人間よ……」

「……セオドラ様？」

嗚咽《おえつ》を上げていたドロシーが、そこで不思議そうに顔を上げる。

「どうした、ドロシー。なにかあったか？」

「いえ……魔王使いに道具を奪《うば》われたというのに、セオドラ様がなんだか……その……楽しんでいるように思えたもので……」

「……ほう」

セオドラが短い相槌《あいづち》と共にドロシーを見下ろすと、彼女は体を竦ませて、可哀《かわい》そうになるほどに怯えた様子を見せた。

「ああ！　ご、ごめんなさい。余計なことを……！」

「いや、構わぬ。そうか。楽しんでいる、か」

言い得て妙《みょう》かも知れない。セオドラは、暗黒に満ちた空間を眺《なが》めながらそう思った。

「確かに、我は楽しんでおる。この状況を。我の思惑《おもわく》をことごとく打ち破るあの男……ルイン＝シトリーのことを」

ああ、しかし、それはそうだろう。無理もないのだ。

どれもこれも、誰も彼も、あまりに愚《おろ》かで弱く、操りやすい。

勇者と呼ばれる者達であっても同じこと。総じて皆、下らない。

だが有象無象《うぞうむぞう》の中でルインだけが、彼だけが唯一――読めない。

セオドラをもってしてもなにをしてくるか、予想がつかないのだ。

「そういった意味で……彼奴《あいつ》は我にとっての希望かもしれぬな」

玉座の肘掛《ひじかけ》にもたれかかると、微《かす》かに笑った。

「もっと育つが良い。芽吹《めぶ》き華《はな》開くその時まで――遊んでやろうぞ」

笑いは次第《しだい》に大きくなり、やがては目の前の闇全てを支配するかのように響き渡《わた》る。

それでも尚、止めることはなく。

セオドラはただ、可笑《おか》しそうに、声を上げ続けた。

Ｆｉｎ

あとがき

特撮番組等でもそうなんですが、物語の途中で主人公の能力が強化されるやつ、ありますよね。武器だけじゃなく姿まで変わっちゃったりして。それまで苦戦していた敵を超パワーで圧倒したりしちゃったりなんかして。ぼく大好きなんですよ！

というわけでパワーアップ回の「魔王使いの最強支配　４」はお楽しみ頂けましたでしょうか？　お久しぶりです、空埜一樹です。

魔王使いルインのお話もついに四冊目です。すごいと思いませんか。ここまで到達できたのも読者の方々にご支持頂いたおかげです。本当に感謝の言葉もありません。

などと言うと、なんだか最終回みたいですが、そうではない……と思いたいので、ぜひ引き続き応援頂ければと思います。頑張るぞ！

さて、今回は前述したとおりに主人公のパワーアップ回なわけですけども、それと合わせて表紙から分かる通り、リリスの掘り下げ回であったりもします。

実はメインヒロインの中でリリスだけが表紙を飾っていないので、晴れて大舞台に立てためでたいお話となりました。

ついに訪れたデレ期ということで、思い切りリリスの可愛らしさを演出したつもりですが、成功していることを祈るばかりです。

無表情無感情キャラがふとしたことをきっかけに笑みを見せる時ほど、多幸感に溢れたものはありませんね。ご飯が何杯でもいける。

代わりにサシャが少々引っ込む形となってしまいましたが、いつも前面に出ているしたまにはいいじゃないかと、キーキー抗議する彼女を見ない振りしているぼくです。

あとぼくは戦うお姫様的なキャラが大好きなので、そちら方面のキャラを出すことが出来たのも良かったですね。

楚々とした雰囲気の女性が「どっせいやあああああ！」とか言いながら物理に全振りするの、最高じゃないですか。違いますか。ぼくは最高だと思います。きっと仲間はいるはずだ。

……振り返ると割に趣味に走ったお話だったのかもしれませんが、まあいいじゃないかと曖昧に誤魔化すことにします。

ところで「魔王使いの最強支配　4」と合わせ、同日にもう一冊、新作が出ております。

「魔王軍最強のオレ、婚活して美少女勇者を嫁に貰う　可愛い妻と一緒なら世界を手にするのも余裕です」という少々長いタイトルの作品なのですが、こちらは「両想いだけど互いにそのことを知らない二人が、ふとしたきっかけで偽装結婚をすることになる」という内容となっております。

ラブコメメインとなっておりますが、バトルもありますので、魔王使いを気に入って頂けた方はぜひ！

担当さんから「二冊同時に出します」と言われた時には「まじすか、初めての経験ですよ！　やったー！　すげー！」と無邪気に喜びましたが、後に冷静さを取り戻すに至り「いや単行本作業も二倍になるってことじゃねえか」ということに気付いて悲鳴を上げたのも、良い思い出です。良い思い出にしたいです。させてください。

そんなこんなでどうにか乗り切った二つのお話を、どうぞ、よろしくお願い致します。

というところで、そろそろ謝辞に移りたいと思います。

担当S様。二冊同時の進行という無茶振りを見事に調整して頂き、誠にありがとうございます！　きっとぼくの数倍以上は大変だったと思います。

イラスト担当のコユコム様。いつもいつも、素晴らしいイラストの数々を描いて頂きありがとうございます！　【霊の魔王】ドロシーのデザインを見た際、あまりの可愛さに、本編で結構いじめてしまったことに罪悪感を覚えました。

仲間になれる日が早く来るといいねと思います。なったらなったで色々大変そうだけど。様々な場面でメッセージを下さる方々。へこたれそうになった時、いつも助けられております。

そして何より本作を読んで頂いた全ての読者様へ。

最大限の、感謝を。

それではまたお会いしましょう。

十一月　空埜一樹
ツイッターアカウント：@sorano009

繰り返しになりますが、同日発売の「魔王軍最強のオレ、婚活して美少女勇者を嫁に貰う　可愛い妻と一緒なら世界を手にするのも余裕です」の方も、何卒、何卒よろしくお願い致しますっ！

The demon lord tamer's strongest domination
魔王使いの最強支配
漫画：大関詠詞
原作：空埜一樹
キャラクター原案：コユコム

魔王を従わせる力を手にした少年
最強ジョブ『魔王使い』で無双する!!
魔王使いの最強支配 1
HJ COMICS
単行本1巻
好評発売中!
コミックファイアにて絶賛連載中!

HJ文庫 https://firecross.jp/
1051

魔王使いの最強支配 4

2022年12月1日　初版発行

著者——空埜一樹

発行者—松下大介
発行所—株式会社ホビージャパン

〒151-0053
東京都渋谷区代々木2-15-8
電話　03(5304)7604（編集）
　　　03(5304)9112（営業）

印刷所——大日本印刷株式会社

装丁——木村デザイン・ラボ／株式会社エストール

ISBN978-4-7986-3015-1　C0193

ファンレター、作品のご感想お待ちしております

〒151－0053　東京都渋谷区代々木2－15－8
(株)ホビージャパン HJ文庫編集部 気付
空埜一樹 先生／ココユコム 先生